Auf der Suche nach Antworten durchstreift die Erzählerin am Totenbett ihres Vaters sein Leben, das Leben eines Handlungsreisenden der Wirtschaftswundergeneration. Während ihre Erinnerung immer lebendiger wird, muss sie zusehen, wie ihr Vater sich trotz fürsorglicher Pflege auf den Tod zubewegt. Der frühere fröhlich-charmante und der stetig schwächer werdende Kranke erscheinen ihr wie zwei Personen. Doch unter der gebrochenen Oberfläche entdeckt sie im Laufe der Zeit nicht nur das lebenslange Bemühen des Vaters, dem Schweren zu entgehen und an seine Stelle das Heitere und Unbeschwerte zu setzen, sondern auch einen unerschütterlichen Eigenwillen, der ihr zunehmend Respekt abverlangt. Und während die Tochter Abschied nimmt von ihrem Vaterbild, nimmt sie auch Abschied von ihrer Kindheit.

*Bärbel Schröder*, geboren 1955 in Bonn, studierte Theater-, Film-, Fernsehwissenschaft und Germanistik. Sie lebt und arbeitet seit 1982 als freie Journalistin, Fernsehautorin und -regisseurin in Köln. Außerdem beschäftigt sie sich mit Malerei und modernem Tanz. Ihr zweiter Roman »Glück in Blau« ist im Krüger Verlag erschienen.

*Unsere Adresse im Internet: www.fischerverlage.de*

*Bärbel Schröder*

# Abschied von meinem Vater

Roman

Fischer Taschenbuch Verlag

Veröffentlicht im Fischer Taschenbuch Verlag,
einem Unternehmen der S. Fischer Verlag GmbH,
Frankfurt am Main, Mai 2004


Das Werk wurde vermittelt durch die
Literarische Agentur Thomas Schlück GmbH, Garbsen.
Druck und Bindung: Ebner & Spiegel, Ulm
Printed in Germany
ISBN 3-596-16205-X

## ~ 1 ~

Gute Reise, Paps! Ich hoffe, du kannst mich noch hören. Auch wenn du seit einer Stunde tot bist. Ich sage es immer wieder, gute Reise. Deine Augen sind geschlossen. Du liegst in dem metallenen Klinikbett und hast die Hände über der Bettdecke gefaltet. Die Schwestern haben dir eine rosa Nelke zwischen die Finger gesteckt. Du kannst Blumen nicht riechen und hast seit Jahren alles Blühende aus deinem Zimmer verbannt. Und jetzt steckt da diese dusselige Nelke, und ich traue mich nicht, sie wegzunehmen.

Deine Hände sind schon kalt. Ich schlage die Bettdecke ein winziges bisschen zurück und fasse zaghaft an deine Füße. Sie sind noch warm. Wahrscheinlich wegen der Decke. Die Nägel habe ich dir erst vor ein paar Tagen geschnitten. Ich habe sie sehr oft betrachtet in der letzten Zeit, deine Füße. Ich ziehe die Decke wieder über sie, als wollte ich sie weiter warm halten. Andere Körperteile traue ich mich nicht freizulegen. Obwohl ich gerne deinen Brustkorb sehen würde. Hat er sich noch entspannt? Er ist so hart geworden in den letzten Monaten, wie versteinert. Weinend streichle ich dir immer wieder übers Gesicht, ganz zart, ohne die Haltung deines Kopfes zu verändern, und versuche, seinen Ausdruck zu entziffern. Trauer, Zorn, Zustimmung, Erlösung? Ich weiß es nicht. Ruhe ja, auf jeden Fall. Aber deine Wimpern sind feucht. Ob du auch geweint hast?

Die Mundwinkel sind nicht entspannt, finde ich, obwohl die Schwestern gesagt haben, so würdevoll und ruhig sei hier schon lange keiner mehr eingeschlafen. Wie viel Uhr ist es?, sollst du sie noch gefragt haben, und auf ihre Antwort, halb zwölf, hättest du Gut gesagt, wie sie sagen, und das sei es dann gewesen. Deinen letzten Atemzug hättest du aber erst getan, als sie schon aus dem Zimmer waren. Vielleicht hast du ja doch noch etwas sagen wollen. Die Schwestern neigen zum Vereinfachen. Und du bist nicht jemand, der nur nach der Uhrzeit fragt. Für zwölf Uhr hatte dein Sohn seinen Besuch angekündigt, aber das habe ich erst viel später erfahren.

Wenn wir gewusst hätten, dass er gleich stirbt, haben sie noch gesagt, dann hätten wir ihn nicht mehr so gründlich gewaschen. Jetzt lassen sie mir Zeit.

Es dauert eine Weile, bis ich mich an die Situation gewöhne. Ich werde sicherer, dass du mich noch hören kannst, und rede ununterbrochen mit dir. Die meisten Sätze sind Fragen. Das ist auch der Grund, warum sich unsere Unterhaltung immer wieder erschöpft.

Es klopft an die Tür. Der Krankenhauspfarrer. Mit halb gesenktem Kopf und eng anliegendem Unterarm reicht er mir eine verschwitzte Hand. Dann kramt er umständlich eine kleine Kerze aus seiner Aktentasche und stellt sie auf den Ausziehtisch der Nachtkonsole, auf dem noch deine Tasse vom Frühstück steht. Er sucht nach einem Feuerzeug, während ich weiter vor mich hin weine. Nach einer Weile brennt das kleine Licht, und er faltet seine Hände und spricht ein Gebet. Vorher fragt er mich noch, ob du einen Wunsch hattest. Ich weiß es nicht. Ich weiß auch nicht, wie er das meint. Einen konkreten Wunsch, ich weiß nicht. Du hast oft gesagt, dass du dir das Alter anders vorgestellt hättest. Du wolltest reisen und noch etwas von der Welt sehen. Aber so etwas meint der Pfarrer sicher nicht. Da könnte er auch nichts mehr tun.

In den letzten Tagen hast du oft von deiner Mutter gesprochen. Sie wollte nicht im Krankenhaus sterben, das hat sie dir wohl immer wieder gesagt, aber du hast sie doch einliefern lassen, als die Anfälle kamen. Wie soll es denn anders gehen, hast du gesagt, wenn einer keine Luft mehr bekommt, man kann doch nicht zusehen, wie sie stirbt, da muss doch geholfen werden. Geweint hast du jedes Mal, wenn du mir erzähltest, wie du an ihrem Bett gesessen und ihre Hand gehalten hast, als sie starb, aber eben nicht dort, wo sie wollte, zu Hause. Immer und immer wieder hast du es erzählt, als ob du dich erleichtern wolltest.

Ich bitte den Pfarrer, etwas über Vergebung zu

sprechen. Vielleicht hilft es ja. Schließlich ist es sein Ressort. Er versteht mich nicht, sieht mich fragend an. Ich schildere ihm kurz die Situation und hoffe nun selbst auf ein paar erlösende Worte, doch er spult einige allgemeine Sätze herunter, dass ich ihn fast wieder bitten möchte zu gehen, aber vielleicht sind es für dich die richtigen Sätze, und deinetwegen ist er ja hier.

Als er fertig ist, und das muss er sein, denn er pustet sein Kerzchen aus, öffnet er wieder seine rissige Ledertasche. Wie viel Wachs wohl auf ihrem Boden kleben mag?, habe ich später gedacht. Dann spricht er mit seitlich geneigtem Kopf ein flüchtiges Beileid an mir vorbei und huscht aus dem Zimmer.

Wir sind wieder allein. Die Sonne scheint schräg herein, warmes, gelbes Licht. Die Blätter der Rotbuche vor dem Fenster leuchten. Es ist einer der letzten schönen Herbsttage. Strahlender Himmel, leichter Wind, der die Blätter von den Ästen fächelt. Dein Lieblingswetter. Mit geschlossenen Augen hältst du tapfer die kleine Nelke. Tapfer warst du immer, kein Jammern bis zum Schluss. Sie machen nur Ihre Arbeit, hast du die Schwestern beruhigt, als sie Sorge hatten, dir wehzutun. Beiß die Zähne zusammen, musst du dir gesagt haben, wie früher, wenn es brenzlig wurde, beiß die Zähne zusammen. Jetzt halten nur noch die Hände zusammen. Später habe ich mich gefragt, warum sie so zusammenhielten und nicht auseinander rutschten. Aber jetzt will ich von dir wissen, wovor du Angst hattest. Du hattest doch Angst? Ja, vor Krieg, ich weiß. Und vor Siechtum, ja. Aber im Leben, bei deiner Arbeit? Neuer Tag, neues Glück, hast du immer gesagt. Aber ein gelassener, glücklicher Mensch stirbt doch nicht an einem vom jahrelangen Ringen um Luft geschwächten Herzen und bösen Geschwüren an den Därmen. Sind das nicht die Leiden der Unterdrückten und Furchtsamen, der um Sicherheit Ringenden? Wovor hattest du Angst?

Es ist ganz still im Zimmer, die Türen sind dick, selbst vom Gang her hört man keinen Laut. Fast erschrocken drehe ich mich um, als plötzlich eine Schwester im Türrahmen steht und erstaunt feststellt: Sie sind noch hier? Ich weiß nicht, wie lange ich hier sitzen darf und ab wann ich die Krankenhausroutine durchbreche. Auf meine Frage beruhigt sie mich aber. Nein, nein, Sie brauchen sich nicht zu beeilen. Dann zieht sie die Tür wieder zu. Ich streichle dir über die weißen Haare. Wir hatten geplant, dass ich sie dir schneide. Nur ein paar Tage ist es her. Du hast gelächelt und Ja gesagt. So ein ganz kurzes Ja, das wie Frage und Antwort in einem klang. Du wusstest schon. Was wird jetzt mit dir? Ich habe keine Routine. Du bist der erste Mensch, an dessen Totenbett ich sitze.

Unser Gespräch verstummt. Dass ich mich um deine Frau, meine Mutter, kümmern werde, habe ich dir schon vor langer Zeit versprochen. Das brauche ich nicht zu wiederholen. Ich übernehme deine Verantwortung, bis ich auch ihre kühlen Wangen streicheln werde.

Eine andere Schwester kommt an die Tür und fragt, ob ich die Sachen gleich mitnehmen könne. Sie meint deine. Deinen Stock, deinen Mantel, deine Schuhe, deine Wäsche und die vielen Medikamente. Ich fühle mich aus der Ruhe gebracht und fange nun an zu packen. Deine Tasche ist zu klein. Du bist hier länger geblieben, als alle gedacht haben. Und es hat sich vieles angesammelt. Ich packe, und du liegst nur da. Kein Vergiss-nicht oder Achte-auf ... Trotzdem fühle ich deine Anwesenheit. Ich beeile mich nicht. Ich zögere den Moment hinaus, in dem ich die Tür hinter mir schließen werde. Endgültig. Zwei Schwestern, andere als vorhin, kommen ins Zimmer. Eine von ihnen will mir einen Beutel besorgen, weil ich mit der Tasche nicht auskomme. Die andere frage ich, was jetzt mit dir passiert. Du wirst gleich abgeholt, sagt sie, und alles Weitere regele dann der Bestatter. Ihre Kollegin kommt mit einem blauen Müllsack zurück. Dann lassen sie mich noch einmal mit dir allein. Ich weiß nicht, ob es gut ist, jetzt zu gehen. Für dich und für mich. Ich habe kein Gefühl mehr für die Situation. Vom Weinen ausgehöhlt, ist in meinem Kopf Anstrengung und Leere zugleich. Ein letztes Mal streichle ich dir über die Stirn und küsse deine kühlen Wangen. Gute Reise, Paps, gute Reise! Ich fasse den Sack, hänge deinen Stock über den Arm und nehme die Tasche in die andere Hand. Mit dem Ellbogen öffne ich die Tür. Dann drehe ich mich zu dir um. Gute Reise, sage ich ein letztes Mal, bevor ich endgültig gehe. Auf dem Gang wartet die jüngere der beiden Schwestern, um mir beim Tragen zu helfen. Im Aufzug legt sie ihren Arm auf meine Schulter und sagt mit stockender Stimme: Du nicht mehr weinen, Vater geht es besser jetzt! Ihre braunen Augen schwimmen in einem kleinen See.

Ich verstaue deine Sachen im Kofferraum meines Autos und steige ein. Die Schwester winkt. Ich fahre los.

## ~ 2 ~

Der Eukalyptuszweig steht noch immer in der kleinen Vase neben meinem Bett, verstaubt, kaum duftend. Lediglich wenn es draußen regnet und die Luft im Zimmer feuchter wird, weil das Fenster offen gestanden hat, verströmt er noch etwas von seinem süßlichen Geruch. Wieder ist mir die Vase umgekippt, weil sie längst kein Wasser mehr enthält. Braucht sie auch nicht für die trockenen, steifen Zweige. Sie fällt nicht zufällig um, glaube ich und nehme es als eine Art Prüfung, wie weit ich mit dir bin. Am Tag, als du die Nelke in die Hand bekamst, habe ich die duftenden Zweige in mein Zimmer gestellt mit dem Vorsatz, sie so lange aufzuheben, bis ich deinen Verlust verschmerzt habe. So schrumpeln sie allmählich vor sich hin, so allmählich, wie ich mit dir fertig werde. Schon ein paar Mal war ich kurz davor, sie mitsamt der Vase wegzuschmeißen, aber irgendetwas hält mich noch davon ab.

## ~ 3 ~

Wie ein Käfer lagst du auf dem Rücken, mit angewinkelten Beinen, die Unterschenkel auf einem Kissenturm ruhend. Wir hatten uns bis dahin angenehm aus den Augen verloren, so wie man sich aus den Augen verliert, wenn sich die Wege trennen und man in andere Richtungen weitergeht. Ich war in eine andere Stadt umgezogen, und unser beider Leben konnte verschiedener nicht sein. Und jetzt saß ich auf einmal an deinem Bett, und du sahst mich an, als sei die Welt untergegangen. Ich verstand dich nicht. Mach mal halblang, dachte ich, du siehst doch ganz passabel aus, bis auf diesen Verband zwischen deinen Beinen. Mehrmals täglich sollte er gewechselt werden, aber Mutter hatte mir schon am Telefon gesagt, das kann ich nicht, da kann ich nicht hingucken, das soll der Arzt machen, und der kam nun auch, zweimal am Tag.

Es war alles ganz schnell gegangen, zum Wochenende wolltet ihr verreisen, und plötzlich der Stillstand, und ich dachte noch am Telefon: Was stellt der sich so an, davon geht doch die Welt nicht unter, da wird es doch ein Mittel geben, und warum gleich den Urlaub abblasen? Aber da lagst du auch schon unter dem Messer. Das war ein bisschen zu schnell für mich.

Also, ich kann mir das nicht ansehen, hatte Mutter immer wieder gesagt, aber zum Wochenende kommt der Arzt nicht, und einer muss den Verband wechseln und nachsehen, ob alles gut ist. Woher hätte ich wissen sollen, ob er einen guten Eindruck macht, so ein Schoß, in dem fast nichts mehr baumelt, nur noch die Fäden an den zwei Nähten rechts und links von dem, wo wir als Kinder nie genau hingeguckt hatten, höchstens mal so einen Blick erhascht beim Umziehen am Strand. Sieht gut aus, hörte ich mich trotzdem sagen, du hast doch gutes Heilfleisch. Das hast du früher selbst gesagt, wenn du vom Krieg erzählt hast, und dann verklebte ich alles neu, damit Mutter wieder hinsehen konnte. Ob ich alles richtig machte, wusste ich nicht, Erfahrungen hatte ich jedenfalls keine. Bis dahin hatte ich mir gerade mal ein Pflaster auf den Finger geklebt, wenn ich mich geschnitten hatte. Auf deinem Nachttisch lagen die Pillenpackungen, und weil man nicht viel machen kann mit einem, der wie ein kranker Käfer im Bett liegt und nicht reden will, warf ich einen Blick auf die Beipackzettel. Obwohl ich nicht alles verstand, bekam ich einen ziemlichen Schreck, denn es las sich, als müsste man einem Triebtäter auf dem Hormonweg das Handwerk legen. Was hatte das alles mit diesem Mach-schnell-los-komm-wo-bleibst-du-Menschen zu tun, der mein Vater war und mir zu diesem Zeitpunkt eigentlich ziemlich fern? Irritiert beobachtete ich deine Erstarrung und wie du nichts sagtest und mich ansahst, wie du mich noch nie angesehen hattest.

## ~ 4 ~

Er vereinbarte immer einen Termin für die ganze Familie, und dann kamen wir alle nacheinander an die Reihe. Das Wartezimmer sah aus wie ein Wohnzimmer, und es war wohl auch eins mit seinen dunklen, schweren Möbeln und den in die Jahre gekommenen Gardinen, durch die man kaum mehr hindurchsehen konnte. Die Frau des Zahnarztes assistierte, begrüßte uns zuerst alle und steckte uns Kindern dann mit einem Augenzwinkern Bonbons zu. Die Reihenfolge war immer schon auf der Hinfahrt ausgehandelt worden. Ich drängelte mich nie vor. Dafür habe ich lange Zeit das Privileg in Anspruch genommen, mich auf seinen Schoß setzen zu dürfen und in dieser Stellung behandelt zu werden. Dann war die Angst nicht so groß, wenn es zwickte, und es war leichter, weil ich ihn im Rücken hatte und mich fest an seine Hände klammern konnte, die auf den Armlehnen lagen. Während der Zahnarzt in meinem Mund herumbohrte, unterhielt sich mein Vater mit ihm, oben hinter meinem Kopf. Ich verstand nichts von dem, was sie redeten, und starrte in die runde, grelle Lampe. Wenn der Zahnarzt sich vorbeugte, konnte ich seine dicken Lippen sehen und wie seine Augen hin und her sprangen von meinen Zähnen zum Kopf meines Vaters. Es kam auch vor, dass beide lachen mussten.

Dann zog der weiße Kittel schnell den Bohrer aus meinem Mund, denn wenn der dicke Bauch unter mir anfing zu lachen, wackelte ich kräftig mit.

Irgendwann kam der Zeitpunkt, an dem er sagte, dass ich nun alleine auf den Stuhl müsste, und auch der Zahnarzt sagte: Du bist doch schon groß, aber ich wollte lieber auf meinem Vater draufsitzen und mich an seinen Händen festhalten können, ganz egal, was sie da quatschten. Aber lange ging es nicht mehr so.

## — 5 —

Im schönsten Sonnenschein fuhr ich nach Hause und dachte zuerst: Das wird schon werden, du kommst schon wieder auf die Beine, dich haut so schnell nichts um. Aber dann gesellte sich ein Anflug von Beklemmung dazu, der mir fremd war und den ich nicht auszudrücken wusste, nicht mit Worten und auch sonst nicht.

Doch das Gefühl war schnell wieder weg, und dann mussten auch keine Verbände mehr gewechselt zu werden, und Mutter brauchte niemanden mehr, der sie vor dem Hinsehen bewahrte. Und in die Ferien fuhrt ihr dann auch noch. Dass es deine letzten waren, konnte ich da noch nicht wissen, und du wohl auch nicht. Aber bis ich den Eukalyptus in die Vase stellte, sollte noch einige Zeit vergehen.

## — 6 —

Die Ausflüge in den Wald wurden gestrichen, Fahrradfahren sei zu gefährlich, sagten die Ärzte. Aber der alte schwarze Drahtesel blieb weiter vor dem Haus stehen und lehnte am Zaun, als sei er gerade von einem Türchen zurückgekommen. Mein Vater sagte immer «Türchen», wenn er eine kleine Radtour meinte. Oder, wenn er losfuhr: Ich mache noch ein Türchen. Jetzt bleib doch mal hier, du bist doch gerade erst gekommen, hörte ich Mutter dann oft sagen, aber das konnte er nicht mehr verstehen, weil er schon auf dem Sattel saß mit der Plastiktüte auf dem Gepäckträger, in die er Futter gepackt hatte für die Tiere im Wildpark, Kartoffelschalen, Mohrrüben und angekitschte Äpfel. Sie kennen mich dort schon, sagte er, und wenn er sich dem Gatter nähere, kämen sie gelaufen, die Wildschweine mit ihren verdreckten Schnauzen.

Von nun an mussten sie ohne ihn auskommen. Er ging jetzt zu Fuß, und aus den Türchen waren Gängelchen geworden. Damit kam er aber nicht weit. Hinter dem Sportplatz, kurz vor dem Weg zur Jugendherberge, war für ihn Schluss. Die Zeit, die er bis dorthin brauchte, wurde immer länger, und immer häufiger musste er stehen bleiben, weil ihm die Puste ausging. Dann rang er nach Luft, holte das

Aluminiumfläschchen aus der Tasche und sprühte sich ein Aerosol in den Mund. Wenn die Wirkung einsetzte und er den faden Geschmack hinuntergeschluckt hatte, setzte er sein Gängelchen fort. Bei meinen Besuchen, und ich besuchte ihn jetzt wieder öfter, begleitete ich ihn auf seinen Rundgängen. Einmal, erinnere ich mich, musste er wieder stehen bleiben und griff wie gewohnt in seine rechte Jackentasche, dann in die linke und wurde plötzlich ganz unruhig. Was ist los?, fragte ich. Das Fläschchen, stieß er mit dem nächsten Atem aus, und auf seinem Gesicht bildeten sich rote Flecken. Ohne genau zu wissen, was mit ihm vorging, war mir schlagartig klar, dass dieses kleine Fläschchen jetzt schnell, sehr schnell hermusste. Ich war nie eine gute Sprinterin, und ausdauernd laufen konnte ich auch nicht, aber diesen einen Kilometer schaffte ich in meiner persönlichen Bestzeit. Ich brauchte nicht bis ins Haus zurück, was ein deutlicher Zeitgewinn war, denn er hatte mir seinen Autoschlüssel in die Hand gedrückt, und damit war klar, dass er das Fläschchen dort vergessen hatte. Und dort lag es auch, griffbereit auf dem Beifahrersitz. Ich rannte zurück, und nachdem er inhaliert und sich schnell erholt hatte, sah er mich verwundert an, weil ich noch immer außer Atem war, schüttelte den Kopf und meinte: Du hast doch nicht auch Probleme?

Wir lachten und gingen weiter, langsam, mit kleinen Pausen, denn er durfte sich nicht oft eine Dosis genehmigen. Die künstlichen Nebel, die er einsog, addierten sich, und bei einem Zuviel schlug das Schaden-Nutzen-Pendel zu seinen Ungunsten aus. Er hatte Listen angefertigt, in denen er Buch führte über jedes Wölkchen, alles korrekt untereinander notiert mit Zeit- und Mengenangaben, so sorgfältig wie die einzelnen Order in seinen Auftragsbüchern. Die Listen wurden immer umfangreicher. Immer mehr Zeiten galt es einzuhalten, und andere Werte kamen hinzu, auf die er zu achten hatte. Die letzte Liste endete, kurz bevor er die Nelke in die Hand bekam. Nicht auf dieser allerletzten, aber auf einer davon hat er auch seinen letzten Willen verfasst. Nicht, dass ihm keine weißen Blätter zur Verfügung gestanden hätten, aber warum Papier verschwenden, sagte er, es geht doch auch so. Ich hatte Sorge, dass so ein letzter Wille gar nicht gilt, wenn er auf der Rückseite einer Tabelle steht, auf der Inhalationszeiten und Cortisonmengen eingetragen sind. Aber da zeigte sich die Bürokratie ganz großzügig, und das Gericht notierte später: Testament, Rückseite Tabelle, obwohl es doch eigentlich die Vorderseite war. Doch so weit sind wir noch nicht.

## ~ 7 ~

Er ging immer noch arbeiten, obwohl er die Altersgrenze, wie man so sagt, längst überschritten hatte. Weniger als vorher zwar, aber so manche Tour machte er doch noch und besuchte seine Zahnärzte im Westerwald oder Siegerland. «Touren», so nannte er seine Fahrten als Reisender. Eine Tour war kein Privatvergnügen. Das galt nur für die Türchen. Trotzdem hat ihm seine Arbeit Spaß gemacht. Er liebte es, unterwegs zu sein und dabei auch noch Geld zu verdienen. Heirate ja keinen Vertreter, hatte mich Mutter früher gewarnt, der ist nie zu Hause. Aber dann wurde sein Ton jedes Mal schärfer, wenn sie das sagte, so scharf wie sonst nie, und er stellte immer wieder von neuem richtig, dass er kein Vertreter war und nichts an der Tür verkaufte, sondern Reisender. Und wenn es ihm ganz dicke kam, verwies er auch noch auf die Registrierung bei der Handelskammer. Auf seiner grünen Olympia tippte er die Avisierungskarten, mit denen er jeden seiner Besuche ankündigte, die auf der nächsten Tour lagen.

Als ich lesen und schreiben gelernt hatte und meine Finger kräftig genug waren, um die mechanischen Tasten zu drücken, half ich ihm dabei. Ich hatte Gefallen an der Vorstellung, einen Reisenden als Vater zu haben, zumal er mir manchmal etwas Schönes mitbrachte. Aber Mutter sagte weiter Vertreter zu ihm, weil sie keinen Gefallen daran hatte, dass er viel auf Reisen war, und auch die Sachen, die er ihr mitbrachte, fand sie meistens nicht schön. Was hast du da wieder angeschleppt?, sagte sie dann, das brauche ich doch gar nicht. Er schenkte ihr oft Dinge, mit denen man im Haushalt etwas schneller erledigen konnte, kleine Elektrogeräte, die dann in einer Küchenecke verstaubten, weil sie lieber alles mit der Hand machte und keine Zeit einsparen wollte, weil sie davon genug hatte, da sie ja nicht auf Reisen ging.

Jetzt machte er keine Reisen mehr, sondern nur noch kurze Touren. Er blieb auch nicht mehr über Nacht, nur ein paar Stunden wagte er sich noch weg, dann musste er wieder pusten, so nannte er es, wenn er das Aluminiumfläschchen ansetzte und sich die hilfreiche Dosis in den Mund sprühte. Er sagte «pusten», obwohl er dabei einatmen sollte. Vielleicht pustet er wirklich, dachte ich manchmal, und es wäre deshalb kein Wunder, dass ihm die Luft immer knapper wurde. Auf jeden Fall kam er von seinen Touren immer erschöpfter zurück, und manchmal schaffte er nicht einmal mehr die letzten Stufen. Dann stellte ihm Mutter einen Stuhl auf den Treppenabsatz, damit er sich ausruhen konnte, bevor er die restlichen Stufen anging, ohne erneut zu pusten, damit das Schaden-Nutzen-Pendel nicht falsch ausschlug. Gefreut hat sie sich in dieser Zeit noch weniger als sonst über seine Reisen, weil er seine letzten Kräfte anderweitig verschwendete und nicht mit ihr, die seit fünfzig Jahren auf ihn wartete, immerzu wartete, dass er von seinen Touren und Türchen nach Hause kam, und dann zu erschöpft war und müde und nicht mehr hören wollte, was sie, die gar keine Touren und Türchen machte, zu erzählen hatte. Ich hatte selten auf ihn gewartet, und deshalb fiel es mir jetzt leichter zu denken: Das ist doch gut, wenn er noch seine Touren machen kann, das hält ihn zusammen, er war doch immer unterwegs, und was soll denn einer, der immer unterwegs war und immer wieder Neues gesehen hat, plötzlich in vier Wänden, die immer gleich sind? Aber einige sahen das anders. Der arbeitet sich noch mal zu Tode, sagten sie und: Das kann man nicht verstehen, der braucht das doch gar nicht, und: Warum quält der sich so? Aber so redeten nur die, die ihn sahen, wenn er von seinen Touren nach Hause kam. Die, von denen er kam, hatten sich über seinen Besuch gefreut, wie er sagte. Wahrscheinlich hatte er schnell noch gepustet, bevor ihre Tür aufging, und war dann wieder der Alte, der schnell war und immer ein Oho und Olala auf der Zunge hatte. Die anderen, die ihn sahen, wenn er zurückkam und nicht mehr pusten durfte wegen der Schaden-Nutzen-Liste, waren eben anderer Meinung. Aber ihm war das egal. Einmal hat er es auch gesagt, nicht zu allen, sondern nur zu denen, die es hören wollten, dass er am liebsten auf Tour war, unterwegs in seinem Auto, als Reisender.

## ~ 8 ~

Ich komme gleich, meldete er sich manchmal von unterwegs, und wir warteten dann mit dem Abendbrot auf ihn. Aber dann wurde es doch wieder nichts mit dem gemeinsamen Essen, und Mutter fragte: Wo warst du denn?, wenn er schließlich heiter ins Haus schwirrte und sich nichts aus den langen Gesichtern machte. Hier, lies mal vor, du kannst doch Französisch, sagte er und drückte mir einen Zettel in die Hand, auf dem neben einer Adresse *merci pour ce beau voyage* stand, und dann war klar, dass er wieder Anhalter mitgenommen und ihnen auf dem Weg zur Jugendherberge gleich die halbe Stadt gezeigt hatte. Die Vorstellung, wie er mit Händen und Füßen den Reiseführer spielte, ohne ein Wort der fremden Sprache zu können, und mit seinem Oho und Olala auskam, amüsierte mich jedes Mal.

Das Autofahren wurde ihm nie zu viel. Auch an den Wochenenden fuhren wir hinaus in die Landschaft. Kinder, wohin ging die weiteste Reise eures Großvaters?, fragte er oft während der Fahrt. Mit dem Fahrrad nach Münstereifel! Da mussten wir immer lachen, denn diese große Reise war für uns nichts Besonderes. Unser Vater fuhr mit dem Auto, und das ging eben schneller. Gegen Mittag steuerten wir Ausflugslokale an, und dann konnte er es kaum erwarten, bis die Speisen auf den Tisch kamen. Mmh, ein feines Süppchen, kommentierte er den ersten Gang und war schon fertig, wenn die Letzten gerade ihren Teller bekamen. Am Hauptgericht interessierte ihn nur das Wesentliche, ein guter Fisch oder ein Filetstück vom Rind. Das Beiwerk ließ er stehen. Probier doch mal das Gemüse, sagte Mutter, aber er dachte nicht daran. Mal sehen, was es zum Nachtisch gibt, fragte er schon in die Runde, wenn die anderen noch am Salat knabberten. Schokoladenpudding oder Eis mit Nüssen war für ihn ein guter Abschluss, bloß kein Obstsalat oder sonst ein gesundes Zeug. Lieber aß er noch ein Stück Kuchen. Später dachte ich: Wie muss er es genossen haben, sich all das bestellen zu können. Als kleiner Junge hatte er auch schon am liebsten Süßes genascht, doch da reichte es beim Bäcker nur für fünf Pfennig Getrocknetes, und das waren die hart gewordenen Teilchen vom Vortag.

Sobald er mit dem Essen fertig war, verlangte er immer sofort nach der Rechnung, auch wenn Mutter sagte: Ich bin doch noch nicht fertig. Ja, iss doch in Ruhe auf, sagte er dann und merkte gar nicht, dass sie längst aus der Ruhe war. Uns Kindern war das egal, wir freuten uns auf den nächsten Programmpunkt. Meist parkten wir das Auto irgendwo am Waldrand und spielten Federball, während er es sich auf seiner Klappliege bequem machte. Er schlief nie lange, höchstens zwanzig Minuten, danach war er wieder fit, und wir zogen weiter oder machten uns bereit für einen Spaziergang. Nicht durch den Dreck, höre ich Mutter noch sagen, wenn es vorher geregnet hatte und sie hoffte, dass er einen passablen Weg aussuchen würde, aber meist wateten wir Kinder schon durch den Matsch. Auf dem Rückweg besuchten wir oft noch Bekannte, beide sagten immer Bekannte zu ihren Freunden oder manchmal enge Bekannte, wenn sie von ihnen erzählten. Jetzt überraschen wir die mal, schlug er auf der Rückfahrt vor, und wenn wir Kinder stöhnten: Ach nein, nicht die, klingelten wir eben bei anderen Bekannten. Zuweilen standen wir auch vor verschlossener Tür, weil wir stets unangemeldet kamen. Aber das war selten. Du kannst doch nicht einfach so bei den Leuten vor der Tür stehen, schimpfte Mutter manchmal, aber die Leute freuten sich, wenn er als Erster mit seinem Olala ins Haus fiel und Wie geht's junge Frau? sagte und seine Witze machte und wir dann ein bisschen blieben. Meistens nur kurz, aber wenn wir wieder aufbrachen, sagten sie: Jetzt bleibt doch noch, doch er wollte schon wieder weiter. Und Mutter maulte: Erst überfällst du die Leute, und dann lässt du sie gleich wieder sitzen, und sie fand das nicht so angenehm, aber er blieb heiter und meinte: Wir wollten doch nur mal vorbeischauen.

## ~ 9 ~

Du musst sofort kommen, er kriegt keine Luft mehr, und du musst ihn zum Arzt fahren, riefen sie ins Telefon, und ich griff nach dem Autoschlüssel, rannte die Treppe hinunter und fuhr los. Obwohl ich auch im Straßenverkehr keine Sprinterin bin, holte ich wieder eine Bestzeit heraus. Ich parkte den Wagen direkt vor dem Hauseingang, nahm vier Stufen auf einmal, und da stand er auch schon in der Tür, vornübergebeugt mit hochrotem Gesicht, und mir schoss es durch den Kopf: Wieso haben sie denn keinen Krankenwagen gerufen, das schafft er doch nicht mehr bis zu seinem Arzt. Aber zum Diskutieren blieb keine Zeit, und so schnell es ging, habe ich ihn ins Auto gesetzt und bin den Berg hinunter in die Stadt gefahren, aber nicht in Bestzeit. Er achtete ganz genau darauf, dass ich die Regeln einhielt, und zeigte mit dem Finger auf die Schilder, wenn ich rechts vor links beachten sollte, und ich dachte: Wieso entspannt er sich nicht und lässt seinen Blick von der Straße, er soll sich lieber um sich selber kümmern und dass ihm die Luft nicht ausgeht. Als ich in die Fußgängerzone einbog, beruhigte ich ihn und versicherte, dass man das darf bei einem Notfall, und da war er erleichtert. Ich ließ den Wagen einfach stehen. Mit Mühe schafften wir die zehn Schritte bis zum Fahrstuhl. In der Praxis müssen sie ihm wohl gleich angesehen haben, was mit ihm los war, denn sie führten ihn sofort in das kleine Nebenzimmer, wo sie ihm eine Infusion setzten mit einer Dosis, die die ganze Schaden-Nutzen-Geschichte über den Haufen warf. Er wurde wieder ruhiger, doch Luft bekam er immer noch nicht genug. Als auch die zweite Infusion nichts nützen wollte, gab mir der Arzt einen Zettel und sagte, dass er sofort ins Krankenhaus müsste. *Status asthmaticus akut* stand darauf, aber ich wusste noch nicht, was das bedeutet, und dachte nur: Oh Gott, was jetzt? Ich hörte, wie der Arzt mit einem Krankenhaus telefonierte, dann sagte er zu mir: Fahren Sie ihn ins Marienhospital. Ich dachte wieder: Warum holen sie denn keinen Krankenwagen?, und weil ich es noch mehr dachte als zuvor, als ich die Stufen zu seiner Wohnung hochgestürmt war, fragte ich den Arzt beim Hinausgehen: Schaffe ich das? Der Arzt lächelte knapp und meinte: Wenn Sie es bis hierher geschafft haben, schaffen Sie das auch. Ich fand die Zeit zu kurz, um Zweifel zu äußern, nahm meinen Vater am Arm, und wir gingen sehr langsam zum Fahrstuhl. Immer wieder mussten wir Pausen einlegen, aber nicht sehr lange, denn wir hatten wohl beide das Gefühl, dass da irgendein Jemand auf die Stoppuhr gedrückt hatte.

Wir fuhren mitten durch die Stadt. Aus den Augenwinkeln beobachtete ich ihn und sah, wie er nach Luft japste, und ich zweifelte daran, dass wir es schaffen würden. Gleich japst er noch einmal, dachte ich, und dann kann ich mir den Weg sparen. Aber das habe ich ihn nicht merken lassen, sondern ganz ruhig mit ihm gesprochen. Bleib ganz ruhig, habe ich gesagt, wir sind gleich da, es ist ja nicht mehr weit. Das wusste er aber auch selber, denn er kannte jeden Weg besser als ich. Als Reisender kannte er alle Strecken, doch das war nicht der Grund, warum er nichts mehr sagte. Das Röcheln strengte ihn zu sehr an, damit hatte er genug zu tun. Als wir beim Marienhospital ankamen, rannte ich zur Pforte, um ihn anzukündigen, aber sie schickten uns zu einem anderen Eingang, dorthin, wo sonst nur Krankenwagen hineinfahren dürfen. Genau deshalb war ich vorher nicht dort hineingefahren, aber jetzt durfte ich es, und schon kamen auch drei Männer gelaufen mit einer Trage und sagten: Wir wissen Bescheid. Sie legten ihn aber nicht auf die Trage, sondern riefen nach einem Rollstuhl, setzten meinen Vater hinein und schoben ihn sehr schnell durch den breiten Eingang und dann weiter in einen grell erleuchteten Raum. Hinter ihnen schlugen die metallenen Klappen der Pendeltür zu und mir fast vor den Kopf. Ich machte einen Schritt zurück und stand plötzlich ganz allein in dem großen Flurraum und dachte nur: Hoffentlich kriegen sie ihn durch. Dann kamen mir langsam die Tränen.

Als nach einer Weile eine ältere Schwester vorbeikam, habe ich mir schnell über die Augen gewischt und gefragt, ob ich mein Auto dort parken könnte, wo es stand. Sie hat wohl gemerkt, was mit mir los war. Freundlich fasste sie mich bei der Schulter und sagte: Er wird es schon schaffen, Ihr Vater, und den Wagen können Sie auch stehen lassen.

Ich bin dann nicht von der Stelle gewichen, bis er herauskam, nach einer langen Weile, immer noch im Rollstuhl, doch jetzt mit schlaffem, in sich zusammengesacktem Oberkörper und verschieden hellen Flecken im roten Gesicht. Der Pfleger schob ihn an mir vorbei und gab mir knappe Anweisungen, was ich zu erledigen hätte, während er meinen Vater auf sein Zimmer begleiten würde. Als wir uns dort wiedertrafen, war er schon dabei, mit meinem Vater die Menüliste für die nächste Woche anzukreuzen. Ich fragte, ob das denn jetzt nötig wäre, wo er doch gerade erst ein bisschen Luft zum Atmen bekommen hätte und nicht zum Reden. Aber der Pfleger kannte kein Pardon, und ich habe mir dann das Papier geschnappt und alles angekreuzt, von dem ich glaubte, dass mein Vater es gerne mochte, vom Frühstück bis zum Abendessen, eine Woche im Voraus. Erst danach fand ich Zeit, zu Hause anzurufen und den anderen durchzugeben, was sie für ihn zusammenpacken sollten, von seiner Lesebrille bis zum Schlafanzug. Ruh dich ein bisschen aus, habe ich zu ihm gesagt, ich bring dir alles und bin bald wieder da. Er wurde ganz ruhig, und wahrscheinlich hatte er wie ich das Gefühl, dass es noch einmal gut gegangen war.

Er erholte sich auch schnell, und in seinen Listen notierte er bald wieder niedrigere Dosen, und das Schaden-Nutzen-Pendel schlug wieder positiv aus. Wenige Tage später marschierte er bereits über die Flure bis in den Garten des Krankenhausgeländes und hielt Ausschau nach Stellen, von denen aus man einen guten Blick über die Stadt hat und die Augen weit in die Ferne schweifen können. Ich habe nicht viel von ihm geerbt, dachte ich damals, außer den grünen Augen mit dem gelben Ring um die Pupillen und diesem ständigen Wunsch, in die Ferne zu schauen. Zusammen spazierten wir durch den Park bis zu der Bank, von wo aus man jenseits des Rheins das Siebengebirge sehen kann. Dorthin hat er die ersten Türchen mit uns Kindern gemacht, mit einem Eselchen hinauf zum Drachenfels. Ich selbst habe mich nie wirklich daran erinnern können, aber er hatte es so oft erzählt, dass es auch Teil meiner Erinnerung geworden war, einer Erinnerung ohne eigene Bilder.

## ~ 10 ~

Sein Wagen stand schon da. Ich brauchte nie auf ihn zu warten. Immer saß er hinter dem Steuer und schrieb irgendetwas auf kleine Zettel, die er zu anderen Zetteln unter den runden Magneten am Armaturenbrett klemmte, wenn ich zu ihm ins Auto stieg. Wir fuhren zum Schwimmen, jeden Samstag nach der Schule, eine ganze Weile lang. Ich weiß nicht mehr, ob wir während der Fahrt geredet haben, aber ich erinnere mich noch, dass wir manchmal Besorgungen machten, im Geflügelladen mit dem ausgestopften Auerhahn ein Suppenhuhn kauften oder bei den Gebrüdern Haack, einem Geschäft für Haushaltswaren, eine zersprungene Tasse durch eine passende neue ersetzten, bevor wir das Auto auf dem großen Parkplatz vor dem Schwimmbad abstellten. In der Umkleidekabine beeilte ich mich. Der Geruch von Chlor stieg mir in die Nase und verursachte ein unangenehmes Reizgefühl. Trotzdem hielt ich meine Füße unter den feinen, harten Strahl, um sie zu desinfizieren, wie es Vorschrift war. Und obwohl ich immer schnell machte, war er stets vor mir in der gekachelten Halle und schwamm bereits im großen Becken. Auf dem Rücken, mit geschlossenen Augen. Es dauerte eine Weile, bis ich seine Aufmerksamkeit ergattert hatte, denn so ohne weiteres traute ich mich nicht ins tiefe Wasser. Meine Schwimmkünste waren noch ganz frisch, und die Gefahr unterzugehen, wenn ich wieder einmal Wasser geschluckt hatte, schien mir durchaus gegeben, solange ich mir seiner Beobachtung nicht sicher sein konnte. Doch er zog unbeirrt seine Bahnen, und ich japste von Zeit zu Zeit an ihm vorbei. Manchmal verließ mich die Kraft, und ich stieß ein klägliches Papa! über die blauen Lippen in den halligen Schwimmraum. Wenn er mich hörte, sagte er: Geh schon raus, ich komm gleich nach. Um ihm zu imponieren, aber auch um nicht allzu lange warten zu müssen, wagte ich dann hin und wieder einen Sprung vom Dreimeterbrett. Es klappte aber nicht immer, dass er mir dabei zusah und als Zeichen der Anerkennung kurz die Brauen hob. Auch nicht das eine Mal, als ich mit dem Bauch auf dem eisenharten Wasser aufschlug und dachte, jetzt zerreißt es mir den Rumpf. Trotzdem konnte mich nichts davon abhalten, ihn immer wieder ins Schwimmbad zu begleiten, nicht einmal die langwierige Ohrenentzündung, von der ein Loch in meinem linken Trommelfell zurückblieb und das kalte Chlorwasser in den Gehörgang gelangte, sodass es ein Wochenende lang in meinem Kopf gluckste.

## ~ 11 ~

Ich bin seine Tochter, sagte ich der Krankenschwester, die mir die Tür öffnete, an der *Kein Eintritt, bitte klingeln!* stand. Dann musste ich einen grünen Kittel überstreifen und meine Haare unter einer Haube verstecken. Die Schwester führte mich durch die Glastür in einen Raum mit vielen Betten, die von technischen Geräten umringt waren. Sie zeigte auf das Bett rechts außen. Ich ging darauf zu und glaubte für einen Moment, zu spät gekommen zu sein. Er ist schon tot, durchfuhr es mich. Sein Gesicht war bleich, ohne jede Farbe, und den Körper bedeckte ein dünnes Leintuch. Auf der linken Seite guckte sein Unterarm hervor, von dem aus drei blasse Schläuche zu den Infusionsbeuteln führten, die an einem hohen Metallständer neben dem Bett hingen. Hinter seinem Kopf surrten und piepsten mehrere Monitore in regelmäßigen Abständen.

Ich nahm seine Hand und streichelte sie ganz vorsichtig, um nicht an die Kanüle zu kommen, die knapp oberhalb des Handgelenks in seiner Haut steckte. Als ich meine Hand auf seine Stirn legte, öffneten sich seine Liddeckel einen Spalt, und er drehte den Kopf ein winziges bisschen in meine Richtung. Tot war er also nicht. Seine Lippen bewegten sich, als versuchten sie etwas zu sagen. Streng dich nicht an, sagte ich zu ihm, aber die Lippen bewegten sich weiter, und ich dachte, es muss ihm wichtig sein, und hielt mein Ohr ganz nah an seinen Mund. Endlich verstand ich. Kümmere dich um Mutti, sagte er, kaum hörbar und kraftlos ohne ein deutliches k. Ich nickte stumm und drückte seine Hand ein kleines bisschen fester. In diesem Augenblick schon war mir klar, dass ich ein Versprechen abgegeben hatte, das wahrscheinlich über seine Lebenszeit hinausgehen würde. Dann fielen seine Liddeckel wieder zu, und es blieb nur noch das Piepen und Surren an seinem Kopfende.

Ich hielt weiter seine Hand und sah mich im Raum um. Im Nebenbett lag ein Männerkörper ohne Leintuch, ganz starr mit weit aufgerissenen Augen, die nirgendwo hinsahen. Überall hingen Schläuche, doch im Gegensatz zu meinem bleichen Vater war der ganze Körper krebsrot. Erschrocken drehte ich mich wieder zurück. Eine Schwester kam herein und sagte: Kommen Sie, und wie zu meiner Beruhigung fügte sie hinzu: Wir haben es im Griff. Ich hoffte, dass sie mit «es» sein Leben meinte, fragte aber nicht. Vor der Glastür streifte ich Kittel und Haube ab und legte beides in einen Plastikkorb neben dem Spind. Ich nahm meinen Mantel vom Haken und verließ die Klinik.

Draußen war es dunkel geworden, auf dem engen Parkplatz herrschte hektischer Feierabendverkehr. Beim Herausrangieren berührte ich mit meinem Auto die Stoßstange einer hochbeinigen, bunt lackierten Kampfmaschine. Aus den Türen quoll eine komplette Familie hervor und rief nach der Polizei. Äußerlich ruhig, darin war ich mittlerweile gut geworden, erklärte ich ihnen, dass kein wirklicher Schaden entsteht, wenn Gummi Gummi berührt, und als das Gekläffe nachließ, konnte ich endlich losfahren.

Es dauerte eine Weile, bis der Zwischenfall an mir abgeperlt war, und ich fuhr schon auf der Autobahn, als wieder der eine Gedanke meinen Kopf beherrschte: Ich hatte den Tod gesehen. Obwohl ich natürlich nicht wissen konnte, wie er aussieht, der Tod, denn ich hatte ihn ja nie zuvor gesehen. Aber am Bett meines Vaters war ich ganz sicher gewesen, und wie sich später herausstellte, als er die Nelke schon in der Hand hielt, lag ich mit diesem Vorgefühl ja auch nicht falsch. Und noch kurz zuvor, als wir sonntags zusammensaßen und Kuchen aßen, hatte ich zu ihm gesagt: Denk doch mal nach vorn, was du noch vorhast, und nicht immer nur an die alten Geschichten von früher. Du verkennst eines, hatte er daraufhin gesagt, im Gegensatz zu dir habe ich mein Leben hinter mir. Und das hatte er ganz ruhig gesagt, vielleicht weil er aufpasste, dass es ihn nicht kalt erwischte und er wieder pusten musste.

## ~ 12 ~

Erzähl uns was, bettelten wir, wenn wir sonntagmorgens in sein Bett krabbelten, und dann hat er mit diesen Geschichten angefangen, bei denen am Schluss immer alle Tränen in den Augen hatten. Es waren aber keine richtigen Geschichten, keine Märchen oder dergleichen, nichts Erfundenes, Fantasie ist nicht mein Ding, hat er später, viel später gesagt. Es waren auch keine Vorlesegeschichten, sondern Erlebnisse aus seiner Kindheit, die er immer wieder vortrug. Heute weiß ich nicht mehr, ob wir sie so oft hören wollten oder ob er sie immer wieder erzählt hat, um langsam ihre Schwere abzutragen. Manchmal waren auch harmlose Heiterkeiten darunter, aber nur selten. Wie er ein einziges Mal die Schule geschwänzt hatte, gehörte dazu, weil wir uns immer freuten, wenn er mit Oho beschrieb, wie er um den Tisch herumgeflitzt und am Ende unter das Kanapee gekrochen war, um den Prügeln seines Vaters zu entkommen. Die Geschichten über seine Mutter endeten jedoch immer traurig und sollten uns zur Zufriedenheit mahnen, weil es einem im Leben auch anders gehen kann, sagte er, nämlich so wie ihr, die ein Waisenkind war und für vierzig Pfennig die Stunde putzen gehen musste, um ihr Leben durchzubringen oder zumindest das, was davon übrig blieb, wenn man zehn Stunden am Tag auf den Knien rutschte und von den Leuten angeherrscht wurde. Und die auch später, als sie einen Mann hatte und fünf Kinder, immer noch putzen musste, weil das Geld nicht reichte. Wir konnten uns nie vorstellen, wie man den ganzen Tag mit Putzen und Waschen verbringt, und dann sagte er immer: Ja, ihr habt die Armut nicht kennen gelernt, aber er musste sie kennen, denn es war ja seine Mutter, die da den ganzen Tag auf den Knien war und später die Gicht in den Knochen hatte und sich alles vom Mund absparte, die Weihnachtsgeschenke für ihre Kinder und die Plätzchen für den Heiligen Abend. Und dann war da auf einmal die Dose leer, als sie die Weihnachtsteller füllen wollte, und nicht ihre Kinder hatten das Versteck geplündert, sondern der eigene Mann. Und die Enttäuschung war groß und alles umsonst vom Munde abgespart, weil dieser Mistkerl alles aufgefressen hatte. Und der erzählte keine Geschichten, gar keine, nur ab und an ließ er seine Pranken sprechen oder den Rohrstock. Nicht nur unser Vater hatte Angst vor ihm gehabt, auch die Leute in der Straße riefen: Da kommt der Männ, wenn er um die Ecke bog, der schwere Kerl, unter dem im Schnee der Schlitten krachte. So einer war kein Großvater, dachten wir, wenn Vater von ihm erzählte, so ein Scheißkerl nicht. Wir kannten ihn nur aus seinen Erzählungen und wussten, das war einer, der selber keine Geschichten erzählen konnte, nicht mal traurige. Für den sprachen allein die Fäuste, und nur auf sein Pferd ließ er nichts kommen, auch nicht seine Fäuste. Liebevoll soll er sich um den dicken Hans, ein schweres Kaltblut, gekümmert haben. Die schlechten Zeiten hatten ihn zum Fuhrmann gemacht. Wer brauchte da noch einen Stuckateur? Sieben Millionen Erwerbslose, ihr habt keine Vorstellung, was das heißt, sieben Millionen, wiederholte unser Vater, wenn er von den schlechten Zeiten erzählte, die seinen Vater zu einem Fuhrmann gemacht hatten, der auf den dicken Hans angewiesen war. In unserer Vorstellung blieb der Großvater aber trotz Pferdeliebe und der schlechten Zeiten ein wildes Ungetüm, vor dem man seine Haut retten musste. Sehr viel später habe ich ein Foto gefunden von ihm, auf dem er grinste und schielte und gar nicht so ein wildes Monster zu sein schien, wie ich ihn mir als Kind ausgemalt hatte, auch wenn der mächtige Oberkörper ziemlich schief auf den langen Beinen steckte.

So einer wolltest du nicht werden, was? So einer nicht. Köpfchen, Köpfchen, war deine Devise, da kommt es nicht auf die Fäuste an. Mit denen konntest du nichts anfangen. Das wusste ich, seit uns in Bayern so ein wilder Bazi beinahe über die Füße gebraust war mit seinem schnellen Schlitten und du ihm Saudepp hinterhergerufen hast und die Bremsen quietschten von dem Saudepp und er aus seinem Auto gewuchtet ist und sich vor dir aufgebaut hat und so aussah, wie ich mir bis dahin den Großvater vorgestellt hatte, und die Hände in die Hüften gestemmt und gebrüllt hat: Wos host gsogt? Und du zu ihm hochgeguckt und die

Hände erhoben wie bei Winnetou und ganz schnell, Köpfchen, Köpfchen, geredet hast: Ja, jetzt regen Sie sich doch nicht so auf und so weiter. Und wir alle dastanden und dachten, jetzt holt er aus, der fette Bayer, und dann liegt der Vati am Boden, da hast du doch Köpfchen bewiesen. Es war zwar nicht so, wie man sich einen Vater auf der Leinwand wünscht, aber es war ja auch kein Film, und immerhin lagst du nicht am Boden. Und dann ist der Bayer wieder eingestiegen und hat den Motor aufheulen lassen, und du hast in den Krach hinein noch mal leise Saudepp vor dich hin gesagt und so geguckt, wie du auch geguckt haben musst, als sie dir deine erste Armbanduhr abgenommen haben. Das war eine andere Sonntagmorgengeschichte, bei der wir wieder traurig wurden, weil du als Junge so lange sparen musstest, jeden Pfennig vom Munde absparen, bis du dir diese Uhr leisten konntest, und als du sie den anderen Jungen in eurer Straße zeigen wolltest, ganz stolz zeigen wolltest, was man sich vom Munde absparen kann, da haben sie sie dir einfach weggenommen. Da hattest du noch kein Köpfchen, Köpfchen, denn sonst hättest du den Jungen die Uhr nicht gezeigt, denen, die kein Geld für so etwas hatten, aber es sich auch nicht vom Munde absparen wollten, sondern einfach nehmen. Ehrlich währt am längsten, hast du trotzdem immer gesagt, aber die Uhr war weg. Und dann war auch das Fahrrad weg, das dir nicht gehörte, und du musstest als Lehrjunge die ganze Strecke zu Fuß laufen, denn ein neues Fahrrad gab es nicht. Zwei

Pfennig Brückengeld kostete es mit der Straßenbahn auf die andere Seite des Rheins, dahin, wohin du oft laufen musstest. Und für einen Pfennig haben die Schaffner dich nicht mitgenommen, und wir waren wieder traurig, dass die Menschen so herzlos sein können, dabei hattest du ja längst Köpfchen, Köpfchen, als du uns das alles erzählt hast, und wusstest, wie man den Pfennig mehrt, aber wir sollten es wohl vom ersten Pfennig an spüren und ja keine Runde überspringen. Damit wir wissen würden, was der Pfennig wert ist.

## ~ 13 ~

Sie haben dich von der Intensivabteilung auf Station verlegt, wie sie sagen, und du hast darum gebeten, in dasselbe Zimmer zu kommen und auch dasselbe Bett, in dem du bei deinem letzten Aufenthalt gelegen hast. Ich hoffe, dass es dir besser geht, als ich die Sechzehn betrete und zum Bett an der hinteren Wand schaue. Aber du hältst den Kopf angestrengt über eine Plastiktüte, würgst den Auswurf hoch und spuckst hinein. Bevor ich dich begrüßen kann, kommt ein neuer Hustenanfall. Dein Oberkörper ist von der Anstrengung schweißnass. Nix gut Mann, sagt der junge Türke im Nachbarbett und schüttelt angeekelt den Kopf. Ich halte die Spucktüte, damit du dich besser abstützen kannst, wenn der Husten den Körper zusammenkrampft. Du Frau?, fragt der Türke. Ich drehe mich zu ihm um und sage kurz: Nein, nicht Frau, ich bin die Tochter. Der Türke schüttelt wieder den Kopf.

Nach dem Spucken stößt du einen Seufzer aus, erleichtert, etwas von dem zähen Schleim losgeworden zu sein, und lehnst dich matt ins Kissen zurück. Aber es ist noch nicht vorbei. Du bäumst dich wieder auf, diesmal scheint es deine letzte Kraft zu fordern, und ich stelle mir vor, dass du nur so viel Luft bekommst, wie durch einen Strohhalm passt, so wenig ist es nur, das habe ich gelesen, um ein bisschen mehr zu verstehen, was mit dir los ist, Luft aus einem Strohhalm bei höchster Anstrengung wie bei einem Dauerlauf. Die Anfälle nehmen kein Ende, und ich fürchte, dass es nicht reicht mit dem Strohhalm und du doch ersticken wirst. Aber dann hast du es wieder geschafft, und ich wische dir mit einem Handtuch den Schweiß ab. Ich werde trotzdem ungeduldig, als es gar nicht und gar nicht aufhören will mit dem Husten und Spucken und Schwitzen, und ich sage dir, dass ich mal nach einem Arzt sehen werde.

Es ist nicht leicht, einen von ihnen zu erwischen, der zudem Zeit für ein Gespräch hat, aber schließlich finde ich doch jemand, und als er an mir vorbeigehen will, stelle ich mich ihm in den Weg und frage, ob das alles richtig sei mit dem Husten und Spucken und Schwitzen und wie lange das einer durchhalten könne, der das schon so lange macht.

Der Arzt hat ein bisschen gelächelt, vielleicht weil

ich so aufgeregt wirkte und er wusste, dass ich das nicht sein müsste, weil mein Vater, und das Weitere hat er besonders betont, medikamentös ja maximal versorgt sei, und zwar bis zum Limit. Dann ließ er mich stehen und ging weiter. Und während ich wieder die Spucktüte hielt und dir den Schweiß wegwischte und der Türke deutsche Frauen das nix mache vor sich hin sagte, überlegte ich, ob du so viel Medikamente bekommen hattest, dass dir nichts passieren konnte, oder ob man dir nicht mehr Medikamente geben und alles passieren konnte. Während ich darüber nachdachte, ließen die Anfälle langsam nach, und dann hörte es ganz auf mit dem Husten und Spucken. Ich wischte dir wieder den Schweiß ab und warf die Spucktüten in den Müll. Anschließend schüttelte ich noch das Kissen auf und füllte das Wasserglas auf dem Nachttisch. Als ich damit fertig war, hast du mir die Hand gereicht und danke gesagt, nichts weiter als danke.

Das kleine Wort schien mir in diesem Moment so voll beladen, dass es zu schwer für mich war, um damit länger herumzustehen und in deine Augen zu sehen, die sich bemühten, gegen die Erschöpfung anzulächeln. Ich ging schnell hinaus und suchte eine Schwester, weil ich zu keiner Lösung gekommen war bei meinen Überlegungen zu deinem Limit. Passen Sie auf ihn auf, bat ich sie eindringlich. Sie antwortete: Ja ja, und füllte dabei frisches Wasser in eine Urinflasche. Bitte, habe ich hinzugefügt, und daraufhin sah sie mich an und nickte. Ihr Blick versprach mir etwas mehr als das «Ja ja», und dann bin ich gegangen. In meinem Kopf blieb dein «danke» zurück. Du hast es danach nicht mehr gesagt, jedenfalls nicht so, nicht so schwer beladen. Es hat aber ausgereicht für mich, so lange, bis du die Nelke in der Hand hieltest, und bis dahin war noch etwas Zeit.

## ~ 14 ~

Lasst mich hier raus, sagte er kurz hinter dem Ortsschild, und dann war er auch schon aus dem Wagen und lief allein weiter, ohne sich umzusehen. Er ging relativ schnell, obwohl die Straße bergauf führte und er schon damals zu wenig Luft hatte, um sich so schnell bewegen zu können. Doch er lief, als würde er von einem starken Magneten angezogen, immer weiter geradeaus, ohne nach links und rechts zu sehen. Dann konnten wir ihn nicht mehr sehen, weil die Straße hinter einem Hügelkamm verschwand. Aber wir wollten ihn nicht aus den Augen verlieren. Fahr mal weiter, sagte meine Schwester, bis wir ihn wieder sehen können.

Ganz langsam fuhren wir hinter ihm her, weil ein langsames Auto weniger stört, und wir wollten ihn ja nicht stören. Als wir den Hügel überquert hatten und ihn wieder sehen konnten, blieben wir stehen. Er war der einzige Mensch auf der geraden Hauptstraße mit dem buckligen Kopfsteinpflaster und den grauen

Häusern. Plötzlich hielt er inne, zögerte einen Moment und ging dann quer durch einen großen Vorgarten zielstrebig nach rechts auf ein Haus zu und klingelte. Er blieb vor der Tür stehen, ohne sich nach uns umzudrehen. Er stand nur da und schaute auf die dunkle Tür. Es machte den Eindruck, als hätte er nicht den geringsten Zweifel, an der richtigen Tür zu sein. Er sah sich nicht suchend um, er blieb einfach stehen.

Zwei Tage zuvor hatte er ebenso dagestanden, aber nicht in Brenz, sondern vor der verfallenen Orangerie in Neustrelitz. Auch da hatten wir Abstand zu ihm gehalten und von weitem beobachtet, wie er durch die zersplitterten Fensterscheiben in den dunklen Raum spähte. An Stelle des Schutts und der Eimer, die das durch die Decke rinnende Regenwasser auffingen, muss er wohl die Feldbetten von damals gesehen haben, als die Orangerie ein Notlazarett war und er den Sanitäter angefleht hatte, er möge ihm sein Bein lassen, bitte, sein durchschossenes Bein lassen und den Schenkel nicht amputieren, wie es der Militärarzt wollte. Der Sanitäter war ein Ordensmann der Barmherzigen Brüder, und außerdem sei er noch Rheinländer gewesen, hatte mein Vater immer betont. Nach der Devise «Et hätt noch immer joot jejange» hatte der ihn also einfach zu den leicht Verletzten gelegt und schließlich laufen lassen. Nach dem Krieg hat mein Vater dann den Retter seines Beins in einem Kloster wiedergetroffen und fortan regelmäßig besucht, über vierzig Jahre lang, bis Bruder Martin starb. Er war auch sein Freund geworden, wahrscheinlich sein einziger wirklicher Freund.

Vielleicht dauerte es nur kurz, bis jemand reagierte. Aber wir sahen ihn stehen und warten, als müssten erneut fünfzig Jahre zusammengeschoben werden, um den Augenblick herauszubringen, der dann kam.

Die Tür öffnete sich, und Vater sprach mit einer jungen Frau. Sie ging weg, und er stand wieder allein an der Tür. Er bewegte sich keinen Zentimeter und sah in den dunklen Raum hinein. Dann wich er einen Schritt zurück, um einer älteren Frau Platz zu machen, die im Eingang erschien. Die Frau hatte ihre Hände in den Schürzentaschen und hörte ihm ruhig zu. Auch Vater redete ganz ruhig, nicht wie sonst mit Oho und Olala. Mit einem Mal zog die Frau die Hände aus den Taschen und strich sich über die Wangen, dann legte sie sie wie zum Gebet zusammen und stupste mit den Fingerspitzen immer wieder sachte unter ihr Kinn. Plötzlich drehte sich Vater zu uns herum. Wir waren längst ausgestiegen und nicht mehr weit von dem Haus entfernt. Als wir näher kamen, sahen wir, dass er vor Aufregung glühte und rote Wangen hatte und wieder lebhafter sprach. Er zeigte auf uns und sagte: Das sind meine Töchter, und die alte Frau begrüßte uns freundlich und sagte: Kommt doch rein. Drinnen saßen schon andere am Tisch, ein alter Mann, ein junger Mann und ein kleines Kind. Die junge Frau, die die Tür geöffnet hatte, beeilte sich, Teller und Tassen für uns alle aufzutragen, und holte Kuchen und Kekse. Der junge Mann holte Stühle, weil nicht genug im Zimmer waren, und für einen Moment ging alles ein bisschen durcheinander. Die alte Frau sagte: Nein, deinen Namen hätte ich nicht mehr gewusst, und dann immer wieder: Fünfzig Jahre, mein Gott, fünfzig Jahre, wie geht es dir, und wo lebst du denn? Über die wenigen Tage vor fünfzig Jahren, als die alte Frau ihn hier vor den Russen versteckt gehalten und sein Bein verbunden, immer wieder neu verbunden hatte, bis es nicht mehr blutete, und ihm zu essen gegeben hatte, bis er wieder zu Kräften kam, darüber haben sie nicht weiter gesprochen. Wohl aber über die zwei Leben danach und was daraus geworden war, aber nicht wie es drinnen aussah in den beiden Leben, sondern wie man sie von außen betrachten konnte.

Der alte Mann sah stumm zu, weil er von gar nichts wusste, und der junge Mann lächelte uns schüchtern an, und das Kind griff sofort nach den Schokoladenkeksen. Dann saßen wir alle um den Tisch herum, nahmen von dem Streuselkuchen und tranken Kaffee aus einer Plastikkanne. Die Gastgeber guckten uns so neugierig an, wie uns lange niemand angeguckt hatte, und wollten wissen, warum er seine Frau nicht mitgebracht hätte und ob wir, seine Töchter, seine schönen Töchter, auch verheiratet wären und Kinder hätten. Mit roten Wangen und wieder viel lauter und lustiger fing er an und versuchte sich im Erklären, aber irgendwie blieben die Leute ein bisschen ratlos, und so ganz bekam er die Kurve nicht mit seinen Witzchen über die Frauen und die Emanzipation, und am liebsten hätte er wahrscheinlich den ganzen modernen Quatsch zum Teufel gewünscht und auch gerne so einen Sonntagstisch gehabt mit Streuselkuchen und Kaffee aus der Kanne und Kindern, die nach Keksen greifen.

Beim nächsten Mal musst du deine Frau mitbringen, sagte die Alte zum Abschied, und dann haben wir noch ein Foto gemacht vor dem Haus mit allen zusammen, und die Katzen sind noch dazugekommen, und wir haben zurückgewinkt und Auf Wiedersehen gerufen, bis wir mit dem Auto über den Hügel waren. Dann war es ganz still. Lange Zeit hat keiner etwas gesagt. Die Straße lief schnurgerade auf den Horizont zu, und im Rückspiegel ging glühend die Sonne unter.

## ~ 15 ~

Vielleicht war er gespannt, mit wem ich mein erstes Rendezvous hatte, aber ich weiß es nicht. Jedenfalls hat er sich nichts anmerken lassen.

Ich war sehr aufgeregt und wartete darauf, abgeholt zu werden. Es war Sommer. Ich trug einen langen blauen Rock mit kleinen weißen Blümchen, den ich mir selbst genäht hatte. Dazu die weiße Bluse aus dem teuren Stoff, die ich von meiner Mutter geerbt und die sie getragen hatte, als sie zum ersten Mal ausging. Ich hatte die Bluse in der Taille gesmokt und gekürzt und zum Entsetzen meiner Mutter so kurz abgeschnitten, dass man meinen sommerbraunen Bauch sehen konnte. Immer wieder lief ich zum Fenster und sah nach, ob mein Freund sich dem Haus näherte. Aber er kam nicht, und Mutter war fast noch aufgeregter als ich, weil sie neugierig war und wissen wollte, wie er aussah. Aber sie konnte nicht länger warten, weil sie selbst eingeladen waren. Ich blieb am Fenster stehen und wartete, bis es kurz darauf klingelte.

Am Abend fragte Mutter, ob es der mit den schwarzen Locken gewesen wäre, der ihnen entgegengekommen sei. Ja, der mit den schwarzen Locken, mit der braunen Haut und dem weißen Hemd. Vater habe zu ihr gesagt: Oh Gott, nein, der doch wohl nicht, nicht der. Der läuft ja barfuß, ja hat denn der keine Schuhe, der sieht ja aus wie ein Italiener. Ich fand es schick, dass mein Liebster keine Schuhe trug, und mir gefielen seine großen braunen Füße. Es war Hochsommer. Er war auch kein Italiener, nur weil er schwarze Locken hatte und braune Haut. Und mein Vater mochte ihn nicht, das war klar, doch meine Mutter fand ihn sehr schön. Aber für ihn war es unfassbar, dass jemand seine Tochter zu ihrem ersten Tanz abholte ohne Schuhe an den Füßen, barfuß.

Der ist doch nichts für dich, sagte er zu mir, aber ich beharrte darauf, der oder keiner. Und danach hat er nichts mehr gesagt. Auch als ich ein paar Hochsommer später ankündigte, dass ich den mit den schwarzen Locken heiraten wolle, hat er nichts gesagt und ist einfach in den Garten gegangen ohne ein Wort. Ich hatte geglaubt, dass ich ihm eine Freude mache, weil es doch eine Freude für einen Vater sein sollte, wenn seine Tochter einen heiratet, der ihr gefällt. Wir haben dann aber nicht geheiratet, der mit den schwarzen Locken und ich. Er hat später einem anderen Vater eine Freude gemacht. Doch irgendwie hat es meinem auch keine rechte Freude gemacht, dass ich ihm danach nie wieder mit einer Hochzeit oder zumindest der Prophezeiung einer solchen eine Freude machen wollte. Aber als der mit den schwarzen Locken eine andere heiratete, hat er sich sehr für ihn gefreut. Und bis zum Schluss hat es ihm gefallen, wenn ich ihm von dem mit den schwarzen Locken erzählte. Und als der schon zwei Häuser und zwei Kinder hatte, sagte mein Vater: Das ist ein echter Glückspilz, der mit den schwarzen Locken, was der anpackt, gelingt, das hätte ich nicht für möglich gehalten.

## — 16 —

Die Kreise, die du um dein Zuhause ziehst, werden immer kleiner. Zu klein, finde ich, für einen Reisenden. Ich biete dir an, dich irgendwo hinzufahren, stromaufwärts am Ufer entlang und dann hoch in die Weinberge bis zu der Stelle, von der aus man weit ins

Rheintal sehen kann oder in die Eifel, zum Michelsberg, zu der Bank neben der Kapelle mit der tollen Aussicht, da, wo du mir das Verhältnis von Blendenzahl und Belichtungszeit erklärt hast. Die alte Voigtländer besitze ich immer noch. Aber du willst kein Türchen mehr machen und schlägst meine Angebote aus. Das interessiert mich nicht mehr, sagst du, das ist für mich vorbei, und es fällt mir schwer, das zu glauben.

Einer, der immer unterwegs war, der will doch mal raus, denke ich. Aber wir bleiben sitzen und erzählen stattdessen ein bisschen. Ich erfinde kleine Heiterkeiten und lege mir drollige Geschichten über meine Nichten und Neffen zurecht, um dich zum Schmunzeln zu bringen, nur zum Schmunzeln, nicht zum Lachen, damit du nicht pusten musst.

Schließlich haben wir aber doch noch einen Ausflug gemacht, wenige Wochen später, nach einem weiteren Klinikaufenthalt. Du hast mich darum gebeten. Eine Seelsorgerin hatte dir auf ihren Routinegängen durch die Patientenzimmer viel von den Johannitern erzählt und auch eine Einladung zu einem Ordenstreffen nach Hause geschickt.

Pünktlich, sehr pünktlich sollte ich dich abholen, und als ich eintraf, warst du so aufgeregt wie selten. Im Stresemann und mit dem schwarzen Homburg auf dem Kopf, den du nur bei besonderen Anlässen getragen hast, stiegst du zu mir ins Auto. Vorsichtshalber fragte ich dich nach dem Fläschchen zum Pusten, um nicht wieder Bestzeit fahren zu müssen. Viel zu früh waren wir dann vor der Einfahrt zu dem grauen Gebäude. Auf den Stock gestützt, bist du stehen geblieben. Schaffst du es noch?, habe ich immer wieder gefragt, wenn du wackelig wurdest, sollen wir nicht lieber nebenan im Park eine Bank suchen? Aber du standest auf deinem Punkt und hast zur Einfahrt geschaut wie wir Kinder vor der Weihnachtsbescherung auf die verschlossene Wohnzimmertür, hinter der das Christkind werkelte. Endlich trafen sehr viele Leute ein, unter ihnen auch die Johanniter in ihren dunklen Umhängen. Du hast ein bisschen geschwankt und plötzlich zu mir gesagt: Da ist sie ja, und dich von deiner Stelle ein Stückchen weiter vor in die Menge gewagt. Beinahe wärst du gestolpert, weil du dich kaum halten konntest, und als du mittendrin warst, hast du ihren Namen gerufen, nicht sehr laut, aber so laut du konntest, und ich dachte, o Gott, jetzt muss er gleich pusten. Dann hat sich eine Frau zu dir herumgedreht, und du hast deine Hand ausgestreckt und ihr einen guten Tag gewünscht und bist dabei fast umgefallen, und sie hat kurz genickt und sich wieder den Wichtigen zugewandt, und deine Hand hing immer noch in der Luft, ganz zittrig, und du hast ihr nachgeschaut, so als ob du hofftest, dass sie sich noch einmal umdrehen und nach deiner Hand greifen würde, aber das tat die Frau nicht. Ich stand die ganze Zeit neben dir, um dich auffangen zu können, obwohl ich nicht sicher war, ob mir das gelingen würde, weil man nicht umfällt wie ein steifer Ast, sondern wie ein Sack in sich zusammen, und dann muss man schnell genug unter die Achseln kommen. Mit derselben Hand, die eben noch in der Luft hing, hast du dann kurz abgewinkt, kaum sichtbar für einen, der deine Hand nicht kennt, und gesagt: Komm, wir gehen. Die Johanniter sind zu ihrem Festgottesdienst in die Kapelle gezogen, aber wir sind draußen geblieben und haben im Park die nächste Bank angesteuert, und dann hast du erst mal gepustet. Von drinnen schallte das Orchester bis hin zu unserer Bank, auf der wir noch lange saßen. Eine Weile hast du nichts gesagt, denn nach dem Pusten brauchtest du immer eine Pause, bis die Wege für den Atem wieder frei waren und dann auch die Worte durchließen.

Du hast mir Leid getan, wie du da auf der Bank saßest. Mit letzter Kraft hattest du dich aufgemacht, um dieser Frau zu zeigen, wie wichtig es dir mit den Johannitern war, aber sie hatte nur Augen gehabt für die hohen Ordensherren, doch nicht für einen, der extra seinen Stresemann angezogen und die silberne Krawatte um den Hals geknotet hatte, bis kaum noch Luft durchkam, und der sich nur mit Mühe auf seinem Stock halten konnte und ihren Namen gerufen hatte, weil er sich für die Einladung bedanken wollte.

Du hast nichts weiter dazu gesagt, als du wieder Luft für Wörter hattest, und mir stattdessen erzählt, dass da, wo wir saßen, früher Wiesen gewesen wären, auf denen du als Kind gespielt hast, und dass die Johanniter erst später hierher gekommen wären. Nach einer Weile haben wir uns auf den Weg gemacht, ganz langsam vorbei an der Kapelle, in der sie noch immer waren. Es drang keine Musik mehr nach draußen, nur die Wortfetzen einer Festrede. Aber nicht wegen der Worte bist du stehen geblieben, immer wieder stehen geblieben, sondern wegen der Luft, die durch den Strohhalm kam, denn mit ihr musstest du Haus halten.

Später zu Hause hast du von den gewaltigen Umhängen geredet und den Hüten, so als ob doch ein lohnendes Türchen hinter uns gelegen und wir etwas erlebt hätten. Aber kein Wort mehr über die stumme Frau.

## ~ 17 ~

Sie war seine Schwester, und ich mochte es nicht, wie sie mit gesenktem Kopf am Küchentisch sitzen blieb, wenn wir Kinder sie besuchten. Sie stellte belanglose Fragen. Was macht die Schule, gut, wart ihr spazieren, ja, ist die Jacke neu, nein. Ich mochte nicht antworten, weil sie durch uns hindurchsah, wenn wir sprachen. Ihr Blick verriet kein wirkliches Interesse, sondern schien auszudrücken, dass ja doch alles keinen Sinn mehr habe. Sie war meine Patentante, und mein Vater wollte ihr eine Freude machen mit unseren Besuchen. Er brachte uns kleine Mundartsätze bei, so wie man dort gesprochen hatte, wo sie beide herkamen, oder, wie er sagte, in der Kuhl. Die Kuhl, das waren die kleinen Häuser am Rheinufer, die wir Kinder nicht mehr kannten, weil sie im Krieg zerstört und später nicht wieder aufgebaut worden waren, wo lange Zeit ein trostloser Platz geblieben war, der nur belebt wirkte, wenn dort einmal im Jahr die Kuhle Kirmes stattfand. Er hatte uns beigebracht, wie man in der Kuhl Guten Tag sagte und Wie wär's mit einer Tasse Kaffee?, und dann schmunzelte die Tante tatsächlich ein wenig, weil wir die Wörter trotzdem nicht so aussprechen konnten, wie man es in der Kuhl tat, und das fand sie wohl komisch, zumindest komisch genug für ein kleines Lächeln.

Mutter kam nicht mit, wenn wir sie besuchten. Dafür monierte sie, wenn wir nach Hause kamen, dass wir zu lange geblieben wären und sie mit dem Abendbrot auf uns hätte warten müssen. Das war dann für uns Kinder zweimal schlechte Stimmung hintereinander.

Eines Tages war die Tante plötzlich tot, einfach so, und die Besuche erübrigten sich. Ich freute mich heimlich, weil die Stimmung wieder besser war, habe es aber keinem gesagt, weil man sich nicht freut, wenn jemand stirbt.

Jahre später, als ich wissen wollte, wie das war mit den schlechten Zeiten und auf welcher Seite sie damals gestanden hätten, Jahre später, als alle Kinder ihre Eltern fragten: Wo habt ihr denn gestanden in der Zeit, was habt ihr gemacht, habt ihr auch den Arm gehoben? – da bin ich auf den vergilbten Schnellhefter gestoßen, auf dem ihr Name stand und der mir vorher nie aufgefallen war. Ich zog ihn aus dem Schrank und fing an herumzublättern. Ich fand handgeschriebene Rechnungen, die so alt waren wie ich selber, mit Aufschlagsnotierungen für Wechselstrom beim Kauf einer Waschmaschine. Und dann entdeckte ich auf dünnem Papier eine Durchschrift, die ich fast überschlagen hätte. Sie war vom Bonner Oberbürgermeister besiegelt mit dem Vermerk, dass die Familie, und damit waren Vaters Schwester und seine Mutter gemeint, als politisch geschädigt galt und bevorzugt unterzubringen wäre. Es ging um die Wohnung, in der wir sie immer besucht hatten. Ich verstand noch nichts und blätterte weiter. Danach war ein blauer Bogen eingeheftet mit dem Bescheid für eine Beschädigtenrente von der Sonderabteilung für die Opfer des nationalsozialistischen Terrors. Und plötzlich wurde ich stutzig, wie das gemeint war mit dem «beschädigt». Er hatte uns zwar gesagt, dass sie Kommunistin war, doch das war ja noch keine Beschädigung, aber ein Blatt weiter fand ich sie dann, die Beschädigung. Da hatte sie es genau beschrieben, ganz genau, wie zwei Gestapomänner sie von der Arbeit weg in den Überfallwagen gerissen und auf der Wache mit Fäusten ins Gesicht geschlagen haben, weil sie einen anderen, den sie festgenommen hatten, nicht kannte oder, wie sie meinten, nicht kennen wollte. Sie haben sie ins alte Rathaus mitgenommen und in einem leeren Raum wieder gefragt, ob sie ihn kennt, den einen, und sie hat wieder gesagt, dass sie ihn nicht kennt, und dann sind wieder die Fäuste auf ihr Gesicht geprasselt und auch woandershin. Danach sind sie mit ihr nach Köln in die Krebsgasse gefahren, und als sie auch da dabei blieb, dass sie den einen nicht kennt, hat einer der Gestapomänner ein Stuhlbein geholt, das war abgebrochen, und damit weitergeschlagen überallhin, und dann hat er sie mit dem Stuhlbein aus dem Zimmer geprügelt auf den Flur bis zur Treppe. Dort hat er sie hinuntergestoßen. Als sie unten aufschlug, war sie nicht nur grün und blau und blutig von den Schlägen und Stößen, es fehlten ihr auch vier Zähne, und als sie auch am Nachmittag noch kein Geständnis schreiben wollte mit dem Bleistift, den die beiden Männer ihr hingelegt hatten, da wurde sie in einen Keller gebracht, wo noch ein anderer war, ein ganz Junger, und dann ist der eine von den beiden, die sie dorthin geholt hatten, mit der Stahlrute auf sie losgegangen und hat wie wild auf sie und den Jungen eingeschlagen, weil sie beide nicht sagen konnten, dass sie den einen kennen. Und dann hat sie gesehen, wie dem Jungen der Kiefer aufplatzte und der eine Schläger hinausging. Und der andere hatte wieder die Stahlrute genommen und mit der freien Hand den Jungen am Hals gewürgt, bis er sich nicht mehr rührte, und dann ist der andere wieder hereingekommen, und zu dem hat er gesagt, dass der erledigt wäre, und meinte damit den Jungen, und als der erledigt am Boden lag, ist sie selbst zusammengebrochen. Jeden Tag sind die Schläger wiedergekommen, und weil sie den einen wirklich nicht kannte und das auch beeidet hat, wurde sie ins Zuchthaus gesperrt für fast drei Jahre, nach Ziegenhain, Eichach, Dachau und zuletzt nach Lauffen. Das hatte sie zu Protokoll gegeben.

Ich kniete auf dem Teppich zwischen Schreibtisch und Aktenschrank und las immer langsamer, weil man nicht schnell lesen kann, wenn einem die Augen auslaufen und man dauernd die Nase hochziehen muss und allmählich alles nass ist um die Augen und die Nase und auch der Rand vom Pullover und man mit dem Wischen nicht mehr nachkommt.

Auf den nächsten Seiten fand ich die Berichte der Ärzte, warum sie später, nach dem Krieg, nicht mehr hat arbeiten können.

Ich bin in den Garten gelaufen, weil niemand sehen sollte, wie ich aussah, und fragen, was ist denn mit dir. Denn mit mir war ja nichts, aber mit ihr. Nichts hatte er uns davon erzählt, stattdessen der immer wiederkehrende Satz «Haltet euch von der Politik fern», aber was soll denn so ein blöder Satz in Zeiten, wenn man politisch sein will und sagen will, wo man steht? An diesem Tag, und ich glaube, es war ein sonniger, wusste ich zumindest, wo sie gestanden hat. Und wenn ich später gefragt wurde: Wo haben denn deine gestanden?, erzählte ich immer nur von ihr. Eine wie sie in der Familie gehabt zu haben, erlöste einen von der Schuld, und man war fein raus und musste nicht diese ganze Wie-lebst-du-denn-mit-so-einem-Diskussion über sich ergehen lassen. Und trotzdem habe ich mich schlecht gefühlt, weil ich sie nicht wirklich gemocht und sie erst posthum zu meiner Heldin erklärt hatte.

Ich begriff, warum sie jahrelang, meine ganze Kindheit lang, stumm an ihrem Küchentisch gesessen hatte und nichts mehr wissen wollte von der Welt, und auch, warum sie so früh gestorben ist, aber sie blieb mir trotzdem fremd. Und auch mein Vater wurde mir fremd in dieser Zeit, weil ich nicht verstand, dass man genau dann nichts tun soll, wenn man denkt, man muss genau jetzt etwas tun, zumindest nicht alles so schleifen lassen und denken, o Gott, hoffentlich kommt das nie wieder, sondern sagen, was einem nicht passt und nicht immer nur die Faust in der Tasche machen, denn das war mir an ihm aufgefallen, dass das sein bester Sport war, die Faust in der Tasche zu machen. Darin unterschied er sich von seiner Schwester.

Aber er sah das anders. Ihre Verbitterung schmerzte ihn. Was hatte es ihr denn gebracht, das Leben herzugeben und den Mann zu verlieren, ihren Schlegelmilch, den sie nicht wieder aus dem Lager gelassen haben? Was hatte es gebracht, wenn die alten Armheber aus dem Viertel danach wieder in den Startlöchern standen? Was hatte es denn seiner Schwester gebracht, fragte er sich und uns später. Er liebte sie, wie sie war, bevor alles losging, die lebenslustige junge Frau, die gerne feierte und für ihr Leben gern tanzte, und jetzt hatte sie keins mehr, für das es sich lohnte, und wartete nur noch, bis es mit ihr zu Ende ging. Das wollte er uns ersparen, dass man plötzlich ohne Leben dasitzt und wartet, dass man umfällt. Aber das konnten wir nicht verstehen, nicht richtig jedenfalls.

## ~ 18 ~

Astronautenkost, hast du gesagt, da ist alles drin, und die Brauen hochgezogen wie früher, wenn du Was für ein feines Süppchen! gesagt hast. Und dann hast du die Tüten aufgerissen mit dem gelben und rosa Inhalt und ihn mit saurem Grinsen hinuntergeschluckt, wochenlang. Ein Staubsauger für die Därme, hast du gesagt und es einfach hingenommen. Dabei bist du immer dünner geworden, obwohl alles drin sein sollte in dem schleimigen Brei. Was sein muss, muss sein, war deine Devise und Disziplin dein oberstes Gebot. Trotzdem hast du dich erneut infiziert, und die Operation wurde verschoben, und weiter ging es mit dem Tütenschlürfen.

Die Männer in den Nachbarbetten blieben nie so lange, und so gab es wochenweise neue alte Männer, deren Geschichten du dir angehört hast. Sie erzählten vom Krieg und wie sie ihn überstanden hatten. Aber manchmal, wenn ich zur Tür hereinkam, hing der graublau gestreifte Morgenmantel über dem Fußende, und du lagst einfach nur da und hast in die Baumwipfel vor deinem Fenster geschaut.

Wann ist es so weit?, habe ich gefragt, und du hast

gesagt: Abwarten, man wird sehen, und: Kommt Zeit, kommt Rat. Wie lernt man aber als Komm-mach-los-jetzt-wo-bleibst-du-Mensch auf einmal Geduld?, wollte ich wissen, aber du hast nur gesagt: Da kommst du auch noch hin. Eines Tages war es dann so weit, nicht mit meiner Geduld, sondern mit deiner Operation. Und als wir uns wiedersahen, hast du gelächelt und gesagt: Es war nichts. Und so wie du gelächelt hast, glaubte ich auch, dass nichts war, und ich sagte: Siehst du, habe ich gleich gesagt, dass nichts ist. Und dann hast du erzählt, wie du alles geschafft hast ohne große Narkose, denn einer, der immer pusten muss, verträgt keine große Narkose, weil ihm dann die Luft ganz wegbleibt. Du hast es ohne geschafft, weil du ganz ruhig geblieben bist, und sie haben gesagt: Toll, wie er das geschafft hat.

Aber dann untersuchten sie weiter und genauer das, was sie aus dir herausgeschnitten hatten, und dann war auf einmal doch etwas. Da hast du nicht aus dem Fenster gesehen, als ich kam, sondern eher so in dich hinein, und du brauchtest gar nicht zu sagen, dass doch etwas ist, denn ich habe es gleich gesehen. Und was jetzt?, habe ich gefragt, wie geht es jetzt weiter? Mal sehen, hast du gesagt, doch dann bist du schwach geworden und deine Lunge vom vielen Liegen krank, und dann ging erst mal nichts weiter.

Nach einer langen Weile hattest du dich vom Schlimmsten erholt, und sie wollten mit der Therapie beginnen und sich an die bösen Zellen machen. Aber das klappte nicht so, wie sie sich das vorstellten. Die chemischen Keulen erschlugen nicht nur die bösen Zellen, sondern vor allem auch dich, aber sie machten trotzdem weiter, und du hast ihnen zugestimmt, weil du wieder der Alte sein wolltest. Das ging so lange, bis einer von ihnen, der dich von früher kannte, als du noch kein schwaches Hemd warst, und der anders dachte als die anderen, die Notbremse zog und sagte: Schluss damit, das bringt ihn ja um. Und ab da wurde es ein ganz kleines bisschen besser, nicht viel, aber so viel immerhin, dass du endlich nach Hause durftest.

## ~ 19 ~

Es ist nur ein einziges Mal vorgekommen, dass ich ihn vom Bahnhof abgeholt habe. Er war ein Automensch und fuhr selten mit dem Zug. Ich parkte den Wagen direkt hinter dem Bahnhof und stürmte auf die letzte Minute hoch zum Bahnsteig. Da kam er mir schon entgegen. Er war nicht allein und schlenderte mit fünf Kollegen die Treppe hinunter. Sie lachten und alberten, und als sie näher kamen, hörte ich sie reden, wie sie Oho, die schöne Tochter, und: Ganz der Papa, sagten und so ein Zeug. Einen von den fünfen erkannte ich wieder. Er hatte zu meiner Konfirmation ein Geschenk vorbeigebracht, stellvertretend für die Belegschaft, und ich erinnerte mich, wie ich knallrot geworden war, als ich es vor seinen

Augen auspackte, die Langspielplatte mit dem fett gedruckten Titel *When a Man Loves a Woman*. Der Kollege schien sich auch zu erinnern und redete etwas von kleinem Fräulein und junger Dame, und mein Vater hob die Brauen und schien stolz auf mich, seine Tochter, die schon seinen Wagen fahren durfte. Aber ich dachte verächtlich, er ist doch ein Vertreter und Mutter hat Recht. Ich hatte ihn bis dahin nie im Kreise von anderen Ohos und Olalas erlebt. Er gefiel mir nicht zwischen den karierten Jacken und blöden Albernheiten, und ich blieb stumm und bin nicht auf ihr Gerede eingegangen. Das wiederum hat wohl ihm nicht gefallen, denn für ihn waren es anständige Familienväter und erfolgreiche Kollegen. Die Reise war ja nur für die Besten. Aber mir war es peinlich, wie sie ihre Witzchen rissen und mit meinem Erröten spielten. Er hat sich danach nicht mehr abholen lassen von mir. Erst zwanzig Jahre später wieder vom Krankenhaus.

## ~ 20 ~

Startbereit sitzt du im Mantel auf dem Stuhl neben dem Fenster. Neben dir auf dem Boden steht die gepackte Tasche. Dein Bett ist schon für den Nächsten präpariert. Deshalb hast du den Graublauen auf den Tisch gelegt und nicht wie sonst über das Fußende des Bettes gehängt.

Na, Täubchen, da bist du ja, sagst du ohne Eile. Seit du schwach geworden bist, hast du angefangen, mich «Täubchen» zu nennen, nicht oft, nur ganz selten, aber immer mit einem kleinen Lächeln, das ganz ohne Oho und Olala auskommt. Ich zögere einen Moment und antworte dann doch nicht: Ja, Dicker, da bin ich, so wie ich früher Dicker gesagt habe, wenn wir in Oho-und-Olala-Laune waren und ich es dir heimzahlen wollte, dass du mich als kleines Mädchen «Dicke» genannt hast, was weit weg war von der Wirklichkeit und du der eigentliche Brummer. Aber jetzt bist du fliegendünn, und ich sage es lieber nicht, weil es auch sonst nicht passt.

Stattdessen hänge ich mir deinen Morgenmantel über die Schulter, nehme die Tasche in die Hand, reiche dir den anderen Arm und sage nur: Komm, lass uns gehen. Ganz langsam schlurfen wir zum Aufzug. Du blickst noch einmal zurück und aus dem großen Flurfenster hinaus und sagst: Früher war hier oben die Flak. Aber ich will jetzt nicht wieder vom Krieg reden, wo du gerade einen kleinen Sieg errungen hast.

Als wir an der Pforte vorbeikommen, nickst du der Schwester zu und sagst: Auf Wiedersehen, und ich denke, bloß das nicht, und dann steigen wir in den Wagen, den ich vor dem Eingang geparkt habe. Ich nehme den kürzesten Weg, aber als ich in deine Straße einbiegen will, sagst du: Fahr mal weiter.

Und dann sind wir vorbeigefahren, und ich habe dich gefragt: Wo willst du denn hin? Du hast aber nicht geantwortet und immer nur gesagt: Fahr mal hier rein, oder: Bieg mal da vorne links ab, und so sind wir eine Weile durch die Straßen auf dem Berg gefahren, bis du gesagt hast: So, jetzt fahren wir zurück. Du meintest aber nicht zurück in die Klinik, sondern nach Hause, so wie du immer «zurück» gesagt hast, wenn du nach Hause gefahren bist.

Und bevor wir in deine Straße eingebogen sind, hast du gesagt: Das waren meine schönsten Jahre hier oben auf dem Berg, und dabei nicht nach draußen gesehen. Ich hatte auch nicht das Gefühl, dass du es zu mir sagst, sondern zu dir selbst, einfach vor dich hin.

## ~ 21 ~

Der Chef kommt, riefen sie schon, sobald wir an den Strand kamen. Er ging vorneweg, den schweren Jutesack mit dem hölzernen Krocketspiel über der einen Schulter, den graublau gestreiften Frotteemantel, den er damals schon hatte, über der anderen. Mit der freien Hand grüßte er nach rechts und links in die Strandkörbe. An unserem angekommen, drehte er ihn als Erstes zur windstillen Seite, nachdem er den Mantel am Haken an der Innenseite aufgehängt hatte. Der Bademeister grüßte von oben aus seiner Holzbaracke durch das Megafon. Wehte die grüne Flagge am Mast, war Flut, und er ging sofort schwimmen. Bei Gelb war ihm das Wasser zu weit weg. Dann baute er das Krocketspiel auf. Der Parcours wurde mit je-der Urlaubswoche kniffliger, und es durfte längst nicht jeder mitspielen. Frauen besser nicht, zumindest nicht gleich im ersten Match. Es sollten faire Wettkampfbedingungen herrschen. Sie könnten mit den Kindern ja später ein eigenes Spielchen machen. Oder, wenn sie wollten, seinetwegen auch jetzt, bitte, wenn sich genügend einfänden. Aber meistens fanden sich keine Frauen ein, die bunte Holzkugeln durch kleine Tore schießen wollten, und das unter Wettkampfbedingungen. Halt, berührt, der Punkt zählt, der Nächste bitte, führte er die Regie am Strand. Der bucklige Mann mit der Beinprothese durfte immer mitspielen. Für ihn galten andere Regeln. Keiner hat sich selbst gemacht, sagte mein Vater zu uns, wenn wir das nörgelige Hinkebein mit der Seemannskappe nachäfften.

Eine Glocke rief die Badegäste – die Strandurlauber hießen damals noch Badegäste – zur Gymnastik. Er machte immer mit, und auf dem Weg nach vorne, wo keine Strandkörbe mehr standen und der Sand fester war, lockte er die Leute aus ihren Sitzen und ermunterte sie, es ihm gleichzutun. Die Gymnastikfräuleins waren meist jung und hübsch und hatten sportliche Figuren. Aber mit ihren hohen Stimmen kamen sie gegen seinen sonoren Bass nicht an. Er kommentierte jede ihrer Bewegungsanordnungen mit einem kecken Oho oder einem kessen Olala. Die anderen hatten aber auch ihr Vergnügen, nicht nur wegen der kleinen Ohos und Olalas, sondern weil im

Laufe des vielen Arme hoch, Arme runter, in die Knie seine wollene Badehose immer tiefer rutschte und das Gummiband auf dem runden Bauch nicht halten wollte. Einmal hat er die blaue – er besaß eine dunkelbraune und zum Wechseln eine dunkelblaue – sogar im Meer verloren, vermutlich bei einem seiner kräftigen Rückenstöße, und ich musste die Wechselhose aus dem Strandkorb holen und sie ihm ins hüfthohe Wasser bringen. Die nächste Flut hat sie dann nicht wie erhofft an Land gespült, und das Wollmodell wurde durch eine blaue Helancahose ersetzt. Mit Helanca konnte das nicht mehr passieren. Helanca dehnte sich und zog sich auch wieder zusammen.

Nach dem Picknick am Mittag mit Obst und belegten Brötchen, manchmal auch Butterkuchen mit Mandelsplittern, machte er immer ein Nickerchen. Er zog das quietschende Fußteil aus dem Strandkorb und legte sich bequem, wobei er stets ein Bein aufstellte und eines ausstreckte, während er die Gegenhand hinter dem Kopf verschränkte. Wenn er eingeschlafen war, kitzelten wir ihn mit Strandhaferhalmen unter der frei liegenden Fußsohle. Dort war er am empfindlichsten. Die zweitbeste Stelle waren die Lippen. Dann schlug er sich mit der Hand auf den Mund, weil er dachte, eine Fliege hätte sich da breit gemacht. Er hasste Fliegen. Er konnte sie schnell wie kein anderer mit einer Hand aus der Luft fangen und dann mit Daumen und Zeigefinger der anderen Hand zermalmen. Das löste bei mir immer einen ekligen Schauder aus. Erwischte er statt der Fliege einen Kinderarm, schnappte er sich mit einem Ruck das ganze Kind und herzte es auf seine wüste Art. Dabei rieb er mit Vorliebe seine Bartstoppeln über unsere Kinderwangen. Gegen Mitte des Urlaubs, wenn aus den Stoppeln ein richtiger Bart geworden war und die Frauen am Strand sagten: Wie Hemingway, sieht er nicht aus wie Hemingway?, kitzelte es nur und brannte nicht mehr.

Später einmal, als ich mit den Haferhalmen statt seiner den großen, schlanken Jungen aus dem Düneneck kitzelte, nahm er mich auf dem Weg zum Strand beiseite und sagte mit zögerlichen Worten, so zögerlich wie ich ihn vorher noch nie erlebt hatte, und ich dachte, was kommt denn jetzt, er müsse mit mir reden. Und dann sprach er ganz schnell, schnell wie nie, und fast unverständlich kam heraus, dass die Männer, und das sollte ich mir merken, nur das eine im Sinn hätten. Der Zeitpunkt war aber schon überschritten, wo mich das neugierig gemacht hätte, und ich grinste ihn an und fragte: Du auch? Er stutzte einen Augenblick und hat vielleicht nachgedacht, ob ich die Frage ernst meinte, aber lange kann er nicht nachgedacht haben, denn dann haben wir beide gelacht und sind weiter zum Strand gegangen.

Bei Ebbe lief er stundenlang ins Watt hinaus, über die Sanddünen, bis dorthin, wo man immer das Meer sehen kann, auch bei Ebbe. Es war eine Art Niemandsland, und wenn man zurückschaute, sah man den Strand nicht mehr, nur in der Ferne das Land dahinter. Ich lief mit, weil ich lange laufen konnte und nicht so schnell schlappmachte wie die anderen. Dann haben wir draußen im Priel gebadet, auch wenn der Himmel grau war. Es war immer ein bisschen unheimlich, wenn ich spürte, wie das Wasser stieg. Aber er ging kein Risiko ein, weil er wusste, wann wir den Rückweg antreten mussten, um nicht von der Flut überrascht zu werden, und er erklärte mir, dass man nicht einfach geradeaus laufen dürfe, wegen der Priele. Von da draußen sähe alles gleich trocken aus, wenn man landeinwärts blickte, weil die Priele hinter den Sanddünen verschwänden. Es hat immer wieder welche gegeben, die das nicht wussten und einfach hinausgelaufen sind, weil sie das offene Meer sehen wollten, und dann von der heimtückischen Flut überrascht wurden. Die wurden Tage später angespült, und man hat den ganzen Sommer lang von ihnen erzählt.

Wenn er seine Runden am Strand drehte, bin ich nicht gerne hinter ihm hergelaufen. Denn überall blieb er stehen und unterhielt sich mit anderen Burgbesitzern, deren Herkunft mit Muscheln in den Sand geschrieben war. Ständig machte er neue Bekanntschaften, denen er später Weihnachtskarten schickte. Mir war das unangenehm, genauso wie unserer Mutter. Lass doch die Leute in Ruhe, was quatschst du die Leute an, die wollen das doch gar nicht! Aber die Leute haben meistens gelacht, und manchmal war auch einer dabei, der aussah, als könne er mitspielen, nach Wettkampfbedingungen. Einmal hatte er sich meiner Meinung nach den Falschen ausgesucht, und ich sagte: Der doch nicht, der hat ein Schlafzimmergesicht, und ich meinte damit, der sieht doch zu müde aus, um unter Wettkampfbedingungen dabei zu sein. Ich hatte so laut gesprochen wie er immer, und das hatten andere gehört, nicht der mit dem Schlafzimmergesicht, aber andere, und da hat er mich zur Seite genommen, ganz ernst zur Seite, und gefragt, wo ich das herhätte mit dem Schlafzimmergesicht. Ich wusste nicht, was daran schlimm sein sollte, warum er so ein Aufhebens machte wegen dem müden Schlafzimmergesicht. Ich wusste nicht, wie ich an das Wort gekommen war, wer weiß schon, wo er welches Wort herhat? Wir haben dann nicht weiter darüber gesprochen, aber viel später, als ich dem Wort noch einmal begegnete, wusste ich plötzlich, was ein Schlafzimmergesicht ist, und ich musste lachen und an den Tag zurückdenken, an dem ich das Wort zum ersten Mal benutzt hatte.

Wenn es regnete, zog er seine dunkelblaue Öljacke über und marschierte zum Strand, obwohl Mutter an so einem Tag lieber nach Husum gefahren wäre, um mal Geschäfte anzugucken und etwas Schönes zu kaufen oder im Café Theodor Storm Butterkuchen zu essen. Ich ging mit ihm, weil ich das Wasser ertragen konnte, auch wenn es kalt war. Schweigend wateten wir durch den feuchten Schlick. Ein paar Unverwüstliche in gelben Friesennerzen kreuzten von Zeit zu Zeit unseren Weg. Ich lief immer hinter meinem Vater her und verzögerte zuweilen das Tempo, wenn ich nach Muschelschätzen Ausschau hielt und stehen blieb, weil ich eine Amerikanische Seesandmuschel prüfen wollte, ob sie noch unversehrt war. Wenn ich müde wurde und die Sandrillen unter meinen Fußsohlen wehtaten, trug er mich ein Stück weit oder gab mir seine warme Hand.

## — 22 —

Mit ganz kleinen Schritten musst du zur Haltestelle gegangen sein, vorbei an dem Platz, wo noch dein Auto stand, das Gefährt eines Reisenden, von dem du dich nicht trennen wolltest und dessen Kofferraum immer noch voll gepackt war mit Bohrer- und Schleifvorsätzen und Musterschachteln schöner Zähne. Wie du die Stufen in den Bus geschafft hast, weiß ich nicht, ich war ja nicht dabei, und du hast nur erzählt, dass du hinunter in die Stadt gefahren bist und einen Fisch gekauft hast, einen fast kiloschweren Schellfisch. So schwer, wie die Scheibe war, die sie aus dir herausgeschnitten hatten, ohne Vollnarkose, genau so schwer war dieser Fisch. Ich habe nicht weiter darüber nachgedacht und dich nur gefragt: Wie hast du ihn denn getragen?, weil ich mir nicht vorstellen konnte, wie man einen schweren Fisch trägt, wenn man eine Hand für den Stock braucht und die andere, um sich festzuhalten, oder notfalls zum Pusten. Da hast du mir deine blaue Umhängetasche gezeigt mit dem langen Riemen und gesagt, stolz wie einer, der die richtige Lösung gefunden hat: Die hänge ich mir um den Hals. Ich wusste nicht so recht, wie ich es finden sollte, dass einer zu all dem, was er am Hals hat, auch noch ein Kilo toten Fisch hängt und mit einem Stock in der Hand im Bus sitzt und nur Luft aus einem Strohhalm bekommt. Aber in gewisser Weise hat es mir imponiert. So wie es mich auch beeindruckt hat, als du nach dem Krieg in Köln eine Küche besorgt hast und sie, weil das Geld nur für die Möbel reichte, aber nicht für den Transport, mit der Straßenbahn nach Bonn geschafft hast, Stück für Stück. Und jedes Mal, wenn ein Schaffner kam und fragte: Wem ist denn das ganze Zeug hier?, hast du aus dem Fenster gesehen und Mal abwarten, kommt Zeit, kommt Rat, gedacht. Und tatsächlich kam dann die entscheidende Haltestelle, und ein paar hilfreiche Hände kamen dazu, und die Küche war in der richtigen Stadt.

Kurz nach dem Fischessen batest du mich, eine Teichrosenschere zu besorgen, obwohl du gar keinen Teich hattest. Aber mit dem langen Griff wolltest du im Garten die verwelkten Blumen abschneiden, ohne dich bücken zu müssen. Danach besorgte ich dir auch noch einen Falthocker, so wie ihn Jäger benutzen, weil dir inzwischen auch das Stehen schwer fiel. Und als die Blumen verblüht waren, wolltest du einen Papierschneider und hast fein säuberlich die beschriebenen Seiten von alten Weihnachtskarten abgetrennt und die weißen Hälften neu beschrieben. Die sind doch noch gut, hast du gesagt, die kann man doch noch nehmen. Ich wusste nicht, ob es gut ist, halbe Karten zu verschicken zu Weihnachten, dem schönsten aller Feste, wie du es nanntest, aber ich habe nichts weiter gesagt. Und später, viel später, nachdem du schon die Nelke in der Hand hieltest, habe ich von Mutter zu Weihnachten eine Karte bekommen, eine halbe Weihnachtskarte. Die sind noch von ihm, hat sie gesagt, als ich sie danach fragte, und: Die sind doch noch gut, die kann man doch noch nehmen.

## ~ 23 ~

Spare in der Not, sagte er mit seinem spitzbübischen Blick und erhobenem Zeigefinger, und wir riefen immer wie ein Echo zurück: Dann hast du Zeit dazu. Das ist lange her. Es war zu der Zeit, als wir Kinder das Sparen noch spannend fanden und jedes Jahr am Weltspartag auf einem Holztablett die Zweier und Fünfer zählten, was damals noch Pfennige waren und keine Markstücke, und die Münztürmchen am Schalter einzahlten und stolz waren, wenn das Sparbuch langsam anschwoll. Spar das ein bisschen, sagte er auch später immer wieder, wenn er uns zum Geburtstag ein paar Scheine schenkte, und: Hau das nicht gleich auf den Kopf! Reisen war für ihn die einzige Ausnahme. Dafür durfte man Geld auf den Kopf hauen, und dafür ließ er auch gerne etwas springen, wie er sagte. Immer wieder sparte er für seine Kinder und Enkel, immer wieder zahlte er kleine Summen ein, um Jahre später die Prämien dafür zu bekommen.

Auch für mich hatte er einmal etwas angespart und sich gefreut, dass ich es für eine Reise nutzen wollte. New York war mein Ziel. Das freute ihn noch mehr, denn da konnte er mir Tipps geben, weil er es schon gesehen hatte, damals, als seine Kamera kaputtging und er ohne Bilder zurückgekommen war und nichts in der Hand hatte, was er uns zeigen konnte. Das wollte er nun wohl irgendwie umgekehrt nachholen. Der Dollar steht gut, sagte er und fragte bei jedem Besuch, ob ich schon die Scheine getauscht hätte, damit man kein Geld verliert, wenn der Dollar wieder steigt. Mit dem Hubschrauber sollte ich auch die Freiheitsstatue umrunden, so wie er es gemacht hatte, aber dafür reichte das Gesparte nicht, und da wollte er gleich noch etwas drauflegen. Er kramte in seinen alten Reiseunterlagen, wenn ich ihn besuchte, und machte jedes Mal wieder neue Vorschläge, und ich sagte jaja und hörte manchmal gar nicht hin und merkte nicht, wie groß seine Vorfreude war. Dann aber platzten plötzlich meine Reisepläne, und er war enttäuscht, viel enttäuschter noch als damals vor einer eigenen Reise, die er hatte verschieben müssen, weil eine Operation anstand. Ich verstand ihn nicht und fragte: Wieso trifft es dich so? So tragisch ist es doch nicht, wollte ich ihn trösten, ich kann doch später fliegen. Das stimmt, sagte er, aber das werde ich nicht mehr erleben. Auf einmal war mir klar, wie sehr er sich auf die Geschichten gefreut hatte, die ich ihm mitgebracht hätte, ihm, dem Reisenden, nach meiner Rückkehr. Und nun fürchtete er auch, dass er mich vielleicht nicht mehr mit leuchtenden Augen würde fragen können: Wie war's hiermit? und dabei geräuschvoll die Zähne aufeinander klappern lassen und mit der Hand dazu eine schnelle Bewegung machen, als führe er zweimal kurz hintereinander eine Gabel zum Mund. Aber mir war nicht klar, wie Recht er behalten sollte, denn ich konnte mir nicht vorstellen, dass ich es nicht nach New York schaffen sollte, bevor er die Nelke in der Hand hielt.

Viel später dachte ich, dass er in diesem Moment das Gefühl gehabt haben muss, wieder ein bisschen umsonst gespart zu haben, so wie es ihm auch mit seiner Mutter ergangen war, der er als junger Soldat seinen ganzen Sold gegeben hatte. Auch da hatte er eine Ahnung gehabt und sie gebeten, sich etwas davon zu kaufen, weil sonst das Geld weg wäre. Aber sie hat alles für ihn aufgehoben, weil es doch seins war und sie es nicht nehmen wollte, und dann haben sie am Ende beide nichts gehabt, weil seine Ahnung richtig war und das Geld auf einmal nichts mehr wert.

Nach dem Krieg hat er aber trotzdem wieder weitergespart, vielleicht weil er damals eine Ahnung hatte, dass alles besser würde und das Sparen sich lohnen, und für eine Weile sah es ja auch so aus.

## ~ 24 ~

Immer kürzer werden die Zeiten, in denen du zu Hause bist und nicht in der Klinik. Die Hübe aus den kleinen Flaschen reichen nicht mehr, um dir Luft zu verschaffen. Ein elektrisches Inhalationsgerät ist dazugekommen, das die Hälfte deines Schreibtischs einnimmt. Du musst es immer häufiger benutzen, wie man in deinen Listen sehen kann. Aber du beklagst dich nicht. Nur ein gelegentliches «Das hab ich mir anders vorgestellt». Damit meinst du dein Leben nach der Zeit des Geldverdienens. Denn eigentlich wolltest du nie wirklich aufhören, zu arbeiten und als Reisender deiner Berufung zu folgen, nur etwas weniger sollte es sein, und für die verbleibende Zeit hattest du viele Pläne. Ins Riesengebirge wolltest du unbedingt und nach Mecklenburg, in die Heimat deines Vaters. Aber daraus wird nun wohl nichts mehr. Dir bleibt die Luft weg, und die kleinste Erregung führt dich an deine Grenzen und versetzt dich in Angst, Angst zu ersticken.

Wenn wir zusammensitzen, erzählst du vom Krieg, fast nur noch vom Krieg, und kannst die Tränen nicht verbergen, wenn du die schrecklichen Zeiten erwähnst. Kaum sichtbar sind sie, deine Tränen, so als weintest du sie still in dich hinein. Die Bilder wollen dir nicht aus dem Kopf gehen. Immer wieder erwähnst du das Dorf, durch das du damals gekommen bist, wo die toten Frauen lagen, und dann hältst du dir wieder die Augen zu, als ob du den Anblick nicht ertragen kannst. Du sprichst von den Frauen, aber erzählst nicht weiter, was mit ihnen passiert ist, denn es würgt dich schon, und du bringst es nicht heraus, dass sie vergewaltigt und erschossen wurden von denen, die vorher da waren. Meinetwegen brauchst du auch nicht weiterzureden, du hast es oft genug beschrieben, und mir reicht ein Stichwort für die Vorstellung, so oft habe ich die Szenen nachgestellt in meinem Kopf. Aber auch wenn die Stille die Wörter ablöst, bleibt es schwer für uns beide, so wie früher, als du die Geschichten aus deiner Kindheit erzählt hast, die uns Kindern kleine Augen machten, kleine traurige Augen. Doch jetzt will ich nicht, dass alles schwerer wird, und ich will keine traurigen Augen bekommen und auch nicht in die Tiefe gezogen werden, so weit, dass ich Mühe habe, wieder hochzukommen. Deshalb versuche ich, wenn ich dir gegenübersitze, an ganz andere Dinge zu denken. Ich widme mich den Dingen um dich herum. Das ist meine neue Technik. Ich analysiere, welche Farben und Formen um dich herum vorherrschen, verschiebe durch winzige Drehungen meines Kopfes den Blickwinkel und wähle so immer wieder einen neuen Ausschnitt für meine imaginären Fotografien. Im Laufe der Zeit haben sich zahlreiche Kopfbilder in mir angesammelt. Jeden Quadratzentimeter der Maserung des Nussbaumschranks hinter dir habe ich abgemessen, die

Schrifttypen der Buchrücken in Beziehung gesetzt und den farblichen Zustand der Kunstrose kontrolliert, die ich dir zum Geburtstag geschenkt habe, weil die echten Blumen dich zum Pusten bringen. Und wenn einer der Fotorahmen beim Staubwischen verrückt worden ist, fällt es mir sofort ins Auge.

## ~ 25 ~

Was hat er empfunden?, habe ich mich manchmal gefragt, aber erst später und eben nur mich. Was hat er wohl empfunden auf unserer Reise, als die Zeit knapp wurde und wir den Ort nicht finden konnten, vielleicht, weil es ihn nicht mehr gab oder jedenfalls nicht so, wie er in seiner Erinnerung gespeichert war. Ich kann nicht vergessen, wie er immer ungeduldiger und schneller wurde, nur kurz in jede Straße hineinschaute und gleich zur nächsten weiterhastete wie in einem Labyrinth auf der Suche nach dem Ausgang. Ohne etwas zu sagen. Ich habe auch in die Straßen hineingeschaut, aber anders als er, weil ich nichts gesucht habe und nicht wusste, wie das aussah, was er suchte. Ich habe auch in Hinterhöfe geschaut, in denen sich Müll stapelte, und eine Frau bestaunt, die an Stelle von Schuhen nur eine graue Pappe unter ihren Füßen trug, die sie mit zwei Gummiringen umbunden hatte. Sieh mal die Frau, sagte ich zu ihm. Aber er reagierte gar nicht und lief weiter und guckte rechts und links um die Ecken. Bis er schließlich auf seine Uhr sah und stehen blieb. Wir müssen zurück, sagte er ohne einen sichtbaren Ausdruck der Enttäuschung. Einfach nur, wir müssen zurück.

Zurück hieß hin zu den anderen Touristen, die nicht in unzählige Straßen geguckt hatten oder in Hinterhöfe, in denen sich der Müll stapelte, sondern die ins Museum oder ins Café gegangen waren und nicht so aufgewühlt waren wie wir, aufgewühlt vom Nichtfindenkönnen, hier am Stadtrand von Kiew.

Von hier bist du weggekommen damals und, vor allem, mit dem Leben davon. Das hattest du oft erzählt, vielleicht zu oft, jedenfalls hatte ich aufgehört, mir vorzustellen, wie sich hier die Weichen gestellt haben für dich, weil es die letzte Chance war, dein Leben zu retten. Die anderen sind nicht mehr weggekommen. Die hatten keine GKdos zu überbringen und keinen Grund gehabt, sich von der Truppe zu entfernen. Und jetzt waren wir wieder hier, wo du damals durch die Straßen gelaufen sein musst mit deiner geheimen Kommandosache, und fanden den Weg zum Bahnhof nicht, den du damals genommen hast, und ich war irgendwie erleichtert und sogar froh darüber, weil ich Angst hatte vor dem Moment, in dem du die Straße wiedersehen würdest. Ich hatte Angst, dass irgendetwas käme, das alles nicht mehr so sein ließe, wie es vorher war. So, wie wenige Tage zuvor in Moskau, als wir vor dem Eingang des Interhotels Kaviar naschten, während Breschnews lautes Hurra, immer wieder Hurra, aus den Lautsprechern dröhnte, die überall in der Stadt aufgestellt waren, und du mit Kaviarkrümeln am Mund auch Hurra gerufen hast, aber nicht mit einem kurzen a wie Breschnew, sondern viel gedehnter, so wie in Alaaf. Die Uniformierten, die uns oder wahrscheinlich eher Breschnew bewachten, sahen mit strenger Miene herüber, aber du hast dir nichts daraus gemacht und gesagt, dass man doch wohl noch ein bisschen Spaß haben dürfe. Das hat mir gefallen. Die Gesichter der Moskauer, die in endlosen Paraden vorbeizogen, waren alle schrecklich ernst und wollten so gar nicht passen zu den vielen Blumen und roten Fähnchen, die sie schwenkten. Nur Breschnew schien sich zu freuen und schrie unentwegt Hurra. Sehen konnten wir ihn nicht, weil man nicht einfach dort hingehen konnte, wo es einem am besten gefiel oder von wo man einen guten Blick auf ihn hatte, wie er Hurra schrie, sondern man musste dort stehen bleiben, wo es einem gesagt wurde, und für die Besucher aus dem Westen war das der Eingang des Hotels, wo wir den roten Kaviar bekamen und Wodka bis zum Umfallen. Wodka gab es jeden Tag und zu jedem Essen, den Kaviar aber nur am 1. Mai. Deswegen hatten sich einige auch schon beschwert, dass sie als Devisenbringer so schlechtes Essen bekämen für das viele Geld, das sie hier lassen müssten, jeden Tag dasselbe Fleisch. Die Fremdenführerin hatte ihnen daraufhin gesagt, dass sie, die Russen, auch jeden Tag dasselbe essen würden, nur eben leider kein Fleisch. Und dann haben die Devisenbringer ein bisschen weniger gemault, zwar noch beleidigt, aber nicht mehr so laut. Ihm war das alles egal, er war nicht hier, um zu essen, sondern weil er den Ort wieder finden wollte, wo er dem Krieg entkommen war mit seinem Leben. Und weil er mir eine Freude machen wollte und etwas zeigen von dem Land und den Leuten, die ihm irgendwie lieb waren.

Später habe ich mich gefragt, warum er so ein Herz für die Russen hatte, und ich dachte, dass es vielleicht an der Armut lag, die er dort wiedersah, und an den Menschen, die nicht so satt waren wie wir im Westen, die an allem herumnörgelten. Aber sicher war ich mir nicht.

Am nächsten Tag sind wir weitergefahren nach St. Petersburg, das damals noch Leningrad hieß. Abends wollten wir in die Oper und nahmen uns ein Taxi. Unterwegs wurde es mir mulmig, weil der Fahrer zu verstehen gab, dass er keine Rubel akzeptierte. Erst verstand ich nicht, warum er das Geld nicht haben wollte, doch dann begriff ich, dass es amerikanisches sein sollte. Wir hatten keine Dollars, aber das glaubte er uns nicht. Ich weiß auch nicht, warum ich dann einfach ausgestiegen bin. Ich war sicher, mein Vater würde mir folgen, aber die beiden fuhren weiter, ohne mich. Ich stand bloß da und sah dem Taxi hinterher. Erst nach einer ganzen Weile, als ich schon fast überzeugt war, dass der Fahrer versuchen würde, die Dollars zu erpressen, und mir noch mulmiger wurde, kamen die beiden zurück. Vielleicht hatte er ihm mehr Rubel gegeben, als der Taximann verlangte, Dollars hatten wir jedenfalls keine. So ein dummer Hund, war aber alles, was mein Vater sagte, und dann sind wir in die Oper gegangen.

Samt und Seide gab es nicht zu sehen, dafür viele abgelaufene Schuhe und die speckigen Aktentaschen derer, die gerade von der Arbeit kamen. Noch unmittelbar vor der Vorstellung und auch später in der Pause haben sie alle gegessen, alle dasselbe, Butterstullen stapelweise, mit grauer Wurst bestrichen. Doch kaum ging der Vorhang hoch, ließen sich die Petersburger so mitreißen wie die Kinder des Olymp. Wenn es brenzlig wurde auf der Bühne, ging ein lautes Oahhh! durch die Reihen, und als sich die beiden auf der Bühne doch noch kriegten, klatschten alle laut, mitten in den Kuss hinein, so haben sie sich gefreut. Die alte Frau neben mir hatte wohl bemerkt, dass ich keine Ahnung hatte, ob es zum Happyend kommen würde, und mir in ihrer Sprache zu verstehen gegeben, dass es gleich so weit sei. Aber erst als alle schon klatschten, verstand ich, was sie mir sagen wollte, und wir haben beide gelacht. Dann lächelte sie auch meinem Vater zu, der hinter uns saß. Er winkte zurück und beugte sich kurz darauf zu ihr herunter, nahm ihre Hand und legte zwei Erfrischungstücher hinein, die er noch aus dem Flugzeug in seiner Jackentasche hatte. Die Frau schaute ungefähr so auf die beiden Päckchen wie ich vorher, als ich nicht verstand, dass es gleich einen Kuss geben würde. Dann hat er ihr mit einem Päckchen vorgemacht, wie sie es aufreißen muss, das Tuch herausnehmen und sich damit erfrischen, wo es ihr gefällt. Sie hat immer wieder an dem feuchten Tuch gerochen, ihn angelächelt, so als ob sie jetzt Bescheid wüsste, und sich den Hals eingerieben, rundherum. Ich hätte mich am liebsten weit weggewünscht, um nicht mit ansehen zu müssen, wie er an alte Frauen Erfrischungstücher verschenkte oder Hustenbonbons oder Kugelschreiber mit dem Namenszug seiner Firma.

Viel später, als es seine Firma nicht mehr gab und ihn auch nicht mehr, habe ich selber einmal Kugelschreiber verschenkt mit einem anderen Firmennamen. Da war sie auf einmal wieder da, die dicke Russin, wie sie sich freute und ihn anlachte, und einen Moment lang saß ich wieder mit ihm in der klirrend kalten Aeroflotmaschine, und wir haben aus dem Fenster gesehen über die russische Steppe bis hin zum Ladogasee, auf dem die Eisschollen in der Sonne tanzten.

Von Leningrad aus fuhren wir mit dem Nachtzug zurück nach Moskau. Ich packte meine Sachen in unser Liegewagenabteil und ging dann hinüber zu den beiden Amerikanern, die aus Heidelberg kamen. Wir tranken warmen Krimskaja, und als es Mitternacht war und die Stimmung so lau wie der Sekt, bin ich in unser Abteil zurückgegangen. Dort empfing mich die aufgeregte Frankfurterin, die mir mit ihrem Mitleid zu allem und jedem schon eine Weile auf die Nerven gegangen war. Sie gestikulierte wild und überschüttete mich mit ihren Fragen: Wo haben Sie denn gesteckt? Ihr Vater hat sich solche Sorgen gemacht, im ganzen Zug hat er Sie gesucht.

Ich kannte ihn besser und zwängte mich wortlos an ihr vorbei, warf einen kurzen Blick in seine Koje, wo er fest schlief, und kletterte in das Bett darüber. Kurz dachte ich daran, wie oft wir schon nach ihm gesucht hatten. Ich bin gleich zurück, sagte er manchmal und verschwand dann für Stunden, und wir mussten warten, bis er strahlend aus einer völlig anderen Richtung kam als der, in die er losgezogen war, und sagte: Ratet mal, was ich gesehen habe. Aber daran dachte ich nur kurz und hörte dann nur noch das monotone Meckern der Mitreisenden, das sich mit dem gleichmäßigen Schnarchen meines Vaters und dem Rattern des Zuges zu einem eigenartigen Schlaflied verband.

## ~ 26 ~

Deine Lunge hat wieder schlappgemacht. Vielleicht verträgt sie den Herbstnebel nicht. Seit Wochen liegst du im Krankenhaus, und es findet sich kein Medikament mehr, um die Entzündung zu kurieren. Dein Körper zeigt sich resistent gegen die alten Mittel, und die Ärzte sagen, sie müssten etwas Neues ausprobieren. Du bist müde von den vielen Versuchen. Als ich dich besuche, hängst du kraftlos über dem Waschbecken und kämpfst mit dem zähen Schleim. Du kannst dich kaum halten, und ich versuche dich abzustützen. Aber es hilft dir nicht. Du würgst und ringst gleichzeitig nach Luft, und ich sage dem Mann im Nachbarbett: Drücken Sie den Knopf für die Schwester. Die kommt auch schnell, sieht dich und schiebt dir einen Stuhl unter. Mit einem Seufzer fällst du die letzten Zentimeter in das Polster. Du wirkst eine Spur erleichtert, und ich bin irritiert, dass mir diese Lösung nicht selber eingefallen ist.

Nachdem du dich ein bisschen erholt hast, beginnen wir mit unserem Programm. Ich gebe Salbe auf die brüchige Haut deiner Hände, schneide dir die Nägel, mehr als behutsam, weil du immer empfindlicher wirst. Wenn ich dem Nagelbett zu nahe komme, zuckst du zusammen. Die Nägel an deinen Füßen sind noch schwieriger zu schneiden als die an den Händen. Besonders die Stellen an den Seiten, wo sie ganz tief in der Haut liegen. Es wäre leichter, du hättest ein Fußbad nehmen können, aber dafür ist hier nichts vorgesehen. Die beiden anderen Männer in deinem Zimmer haben noch keinen Besuch und kontrollieren mit ihren Blicken unser Programm. Mit kleinen Fingerkreisen massiere ich dein Gesicht, und allmählich wirst du ganz ruhig. Vielleicht erinnert es dich an früher, als ich dir Sonnencreme ins Gesicht geschmiert habe. Dicke Cremekleckse habe ich auf Stirn, Nase und Wangen verteilt und dann Striche gezogen von einem Punkt zum anderen und mich an meinem Cremegekritzel gefreut. Du hast dir das kindliche Gekrabbel gern gefallen lassen, auch wenn du wie eine Christbaumkugel geglänzt hast. Mit den Händen bist du dir dann zum Abschluss über das Gesicht gefahren und hast den schmierigen Rest auf deine Arme verteilt.

Ich mache jetzt immer noch kleine Cremekleckse in dein Gesicht, aber ich dosiere sie anders und male auch keine Striche mehr von Punkt zu Punkt, sondern beginne gleich zu kreisen. Die Tür geht auf, und der Mann am Fenster bekommt Besuch von seiner Frau. Jetzt gucken beide zu, wie du verwöhnt wirst. Und nach einer Weile sagt der Mann: Sie haben es gut. Aber du reagierst nicht, vielleicht verstehst du ihn auch nicht. Du hörst immer schlechter, fragst aber auch nicht nach, wenn du etwas nicht verstanden hast. Wie neulich bei der großen Visite, als ich zufällig dabei war. Zehn weiße Kittel standen um dein Bett herum, und einer stellte dir Fragen, während die anderen sich vielsagend ansahen, nickten oder etwas murmelten und dann auf ihre Zettel schrieben. Schon die erste Frage hast du nicht verstanden und gleich drauflos erzählt, was sie gar nicht wissen wollten. Hast einen Scherz versucht und wolltest allen zeigen, dass du dich zusammenreißt. Doch das war ihnen gleichgültig, denn sie waren nicht zum Scherzen hier, und verstehen konnten sie dich auch nicht, weil du so erzählt hast, dass man dich kennen musste, um es zu verstehen. Aber sie kannten dich nicht, und ich habe für einen Moment überlegt, ob ich eingreifen sollte und ihnen sagen, dass du Probleme hättest mit dem Hören und sie ihre Frage wiederholen sollten, aber ich habe gezögert, weil du nicht willst, dass man dir die Dinge aus der Hand nimmt. Das habe ich spätestens verstanden, nachdem ich mit den anderen überlegt hatte, dir einen Rollstuhl zu besorgen, damit du wieder größere Kreise ziehen könntest, wenn du draußen wärst, und da bist du fuchsteufelswild geworden, weil du selbst entscheiden wolltest, wie groß die Kreise sind, die du noch ziehst. Und so habe ich nicht eingegriffen, und die Ärzte haben keine neuen Fragen gestellt, sondern kurz in deine Akte gesehen, und dann sind sie weitergegangen. Es schien dich nicht zu stören, und du erzähltest mir, was sie dir angeblich am Tag zuvor gesagt hätten. Ich habe ihnen hinterhergeschaut und meine Zweifel gehabt.

Der kritt noch 'ne Schönheitspreis, sagt der Mann aus dem Nachbarbett, als ich dir zum Abschluss die weißen Haare kämme. Ich muss lachen und frage, ob er sich auch beworben hat bei den Schwestern. Dann packe ich alles zusammen, verstaue Salbentube, Schere und Kamm in der Nachttischschublade, lege dir danach den dünnen Schlauch wieder um den Hals und stecke die beiden kurzen Enden in deine Nasenlöcher. Es ist Sauerstoff, der aus den feinen Düsen kommt, und du sagst, es tut dir gut.

Dann verabschiede ich mich von dir, gehe allein zum Aufzug und fahre nach unten. Im Foyer steht ein Mann auf der Leiter und hängt einen Adventskranz auf.

## ~ 27 ~

Jetzt kommt die schönste Zeit, freute er sich jedes Jahr aufs Neue, wenn er die erste Kerze anzündete und mit uns Kindern selbst gebackene Plätzchen und Paranüsse knabberte und Mandarinen schälte, die damals noch etwas Besonderes waren. Hier, lies das mal vor, sagte er dann und gab mir das Buch mit den grauen Engeln auf dem Umschlag. Meist fügte er noch hinzu: Nicht so schnell, wenn ich ihm zu zügig über die Zeilen flog. Dann erst lehnte er sich zurück, schloss die Augen und hörte zu. Daran hatte ich keinen Zweifel, denn wenn ich am Ende einer Geschichte angelangt war, beugte er sich sofort wieder vor und suchte die nächste aus. Die anderen haben währenddessen Kerzen gedreht aus Bienenwachs oder Sterne geklebt für den Tannenbaum. Der reichte immer bis zur Decke, und das war in unserem alten Haus sehr hoch. So hoch, dass man als Kind den Kopf weit nach hinten legen musste, um die goldene Spitze mit den Glöckchen sehen zu können. Zwei Tage blieb das Wohnzimmer verschlossen, und vor dem Schlüsselloch hing ein Tuch, das die Sicht versperrte. Erst wenn die vierte Kerze am Kranz heruntergebrannt war, klingelte das Glöckchen, und die Tür öffnete sich. Im Halbkreis stellten wir uns um den Christbaum auf und sangen «Stille Nacht, heilige Nacht» und «Oh, du fröhliche», alle Strophen. In den Kugeln spiegelten sich die Kerzen und unsere Gesichter mit den glühenden Wangen. Ganz so feierlich war es aber auch wieder nicht, denn bei den letzten Strophen hakte er immer mit dem Text. Aber darüber sang er schmunzelnd und mit erhobenen Brauen hinweg, und bevor es endlich an die Geschenke ging, las er die Weihnachtsgeschichte vor. Später, als wir Kinder lesen konnten, verkleideten wir uns als Engel und übernahmen selber das «Es begab sich aber ...» und spielten dazu auf unseren Instrumenten.

Und wieder später sagten wir ihm, dass wir das alles für verlogene Scheiße hielten, Weihnachten und den Konsumterror, und dass wir das nicht mehr mitmachen wollten und keine Geschenke mehr kaufen würden. Da sagte er: Gut, wenn ihr das so wollt, und: Ihr werdet sehen. Daraufhin hat er nur für sich, wie er sagte, einen großen Baum aufgestellt und die Krippe mit den Figuren, und als die vierte Kerze runtergebrannt war, fing er an, «Stille Nacht» zu singen, und wir haben so ein bisschen mitgesungen mit viel Lala, weil wir den Text nicht mehr kennen wollten, und da hat er aufgehört nach der zweiten Strophe, und wir haben uns an den Tisch gesetzt und wussten nicht so recht, was wir tun sollten, weil es die Zeit der Geschichten und Geschenke war und wir keine hatten, und zum Essen war es noch zu früh. Da ist er aufgestanden und aus dem Zimmer gegangen, und wir haben uns angesehen und gedacht, dass wir ihm vielleicht zu sehr die Stimmung verhagelt hätten, aber er kam mit vier kleinen Päckchen unter dem Arm zurück. Für jeden hatte er etwas besorgt. Kein riesiges Geschenk, aber doch so viel, dass man sich freuen konnte. Seine Augen lächelten verschmitzt, und er sagte: Ist doch nix, so ohne, und als er sah, wie wir Gefallen fanden an seiner Überraschung, war das für ihn wohl so gut wie ein eigenes Geschenk.

Aber bestimmt hat es ihm früher besser gefallen, als er an den Feiertagen mit uns Kindern die Krippenausstellungen in der Umgebung abklapperte und aus den geschnitzten Holzfiguren oder den blassen aus Gips oder solchen aus Draht, mit kostbaren Stoffen umhüllt, die schönste kürte. In jeder Kirche gab er uns Münzen für den Opferstock, und wir stellten eine Kerze für seine Mutter auf, nie für seinen Vater, und zogen weiter zur nächsten. Nachdem wir Weihnachten als Kitsch geoutet hatten wegen der ganzen Gefühlsduselei, machten wir das nicht mehr, aber vorher schon, Jahr für Jahr. Da hat er uns auch immer mitgenommen in den Betrieb, wie er sagte, und wir mussten Weihnachtsgedichte aufsagen, und seine Kolleginnen schenkten uns Kugeln aus Marzipan und Schokolade. Los, auf geht's, sagte er, wenn wir die Taschen voll hatten, und dann waren wir auch schon fertig mit dem weihnachtlichen Besuch im Betrieb und fuhren weiter ins Landhaus seines Chefs, und in der Jagdstube mussten wir wieder Gedichte aufsagen, und er schenkte der Frau seines Chefs einen Strauß mit gelben Chrysanthemen und grünen Zweigen, und manchmal schenkte ihm der Chef auch etwas. Einmal war es ein Rehrücken. So etwas habe ich noch nie zubereitet, sagte Mutter, als wir mit der Beute nach Hause kamen, und nahm das Fleisch mit spitzen Fingern. Doch es wurde der beste Weihnachtsbraten, an den ich mich erinnern kann. Die anderen Kollegen bekamen keinen Rehrücken von seinem Chef, aber die ließen auch keine Gedichte aufsagen und brachten keine Blumen, sondern fuhren nach der Arbeit gleich zu ihren Familien, um die Festtage zu feiern, was unserer Mutter auch besser gefallen hätte. Aber er hatte eben ein anderes Verhältnis zu seiner Arbeit. Nach dem Krieg, als die Stadt unter Schutt lag, hatte er uns erzählt, ist er zu seinem Chef gegangen, bei dem er vorher eine Lehre gemacht hatte, und hat gesagt: Hier bin ich, und ich will wieder zu Ihnen. Der Chef wollte ihn auch, aber es gab kein Haus mehr, wo der Chef ihn hätte hinholen können, denn das lag auch unter dem Schutt. Aber weil der Chef ihn wollte und auch ein neues Haus, haben sie beide einfach angefangen, an der Stelle, wo das alte unter dem Schutt lag, die Steine zu sortieren. Das haben sie lange gemacht, nicht allein, aber mitgeholfen, bis es wieder ein Betrieb war, wie er sagte, mit Waren darin für die Kunden, und dann ist er dem Betrieb treu geblieben, auch als der Chef schon tot war und dessen Sohn und andere die Geschäfte übernommen hatten und der Betrieb kein kleiner Betrieb mehr war, sondern eine große Firma. Nach vierzig Jahren, als die Firma nicht mehr dort stand, wo sie damals die Steine geschleppt hatten, haben sie ihm gratuliert und ein Fahrrad geschenkt, damit er fit bleibt. Das fand er nicht so witzig, da hatte er ein bisschen mehr erwartet, wo er doch die ersten Steine geschichtet hatte, aber geblieben ist er trotzdem, ohne zu murren. Nur manchmal sagte er seitdem: Es ist nicht mehr wie früher. Und gemeint hat er damit wohl die Zeit, als wir noch Gedichte aufsagten im Betrieb und Chrysanthemen aufs Land brachten und uns den Rehrücken schmecken ließen.

## — 28 —

Es wird wohl nichts werden. Alle hatten gehofft, dass du Weihnachten entlassen und zu Hause feiern würdest. Es ging doch ein wenig besser, und auf deiner Liste hattest du schon wieder kleinere Zahlen notiert, aber nun ist alles anders. Kann man nichts machen, hast du gesagt, und: Man muss es nehmen, wie es kommt. Sie haben dich auf ein anderes Zimmer gelegt, und du gehst mit mir zum Fenster und zeigst mir deinen neuen Ausblick. Im zehnten Stock hat man einen weiten Blick über die Stadt. Jetzt sehe ich zum ersten Mal die Dachkegel des neuen Museums, sagst du zu mir, als ob du noch ein kleines Türchen vorhättest. Nebeneinander stehen wir da, die Ellbogen auf die Fensterbank und das Kinn in die Handflächen gestützt, und schauen hinaus in das dunkle

Blau über den Dächern und schicken unsere Augen auf die Reise. Über den spitzen Museumstürmen liegt im Licht der Scheinwerfer ein beinahe orientalischer Zauber.

Was würdest du machen, wenn du noch einmal von vorne beginnen könntest?, frage ich nach einer Weile in die Stille hinein. Was würdest du anders machen?

Ich habe dich das schon lange fragen wollen, und jetzt scheint mir ein guter Zeitpunkt zu sein, jetzt, wo deine Kreise nicht mehr die eines Reisenden sind und du das schönste aller Feste, wie du es immer genannt hast, nicht mehr mit uns feiern kannst.

Genau so, antwortest du, genau so würde ich es wieder machen. Du sagst es schnell, und ebenso schnell denke ich, das glaube ich nicht, aber ich sage nichts. Trotzdem denke ich, dass es doch nicht dein Ernst sein kann und dass so ein Leben, wie du es jetzt führst, doch keins mehr ist, und das hättest du doch verhindern können, wenn du es vorher anders gemacht hättest. Ich bin mir sicher in diesem Moment, ganz sicher, dass ich, wenn ich selber alles anders machen würde als du, genau das würde verhindern können, dass es am Ende kein Leben mehr ist.

Etwas später bin ich aber unsicher geworden mit diesem Gefühl. Und noch später, als er die Nelke schon in der Hand hielt, habe ich gedacht, gut, es war gut so, dass er mit allem einverstanden war. Vor allem sein Ende hat er bestimmt nicht schön gefunden, aber er war einverstanden. Und dann habe ich sehr langsam eine Ahnung davon bekommen, nur eine

Ahnung, was das heißen könnte, einverstanden zu sein, und dass es nicht auf einmal da ist, so ein Einverständnis, sondern dass es langsam wächst, sodass man nicht einfach einverstanden ist und sagen kann, einverstanden. Und dass man vorher auch wissen muss, was man will, und wollen muss, was man kann. Und dass es dann gut wäre, wenn man einverstanden ist, denn dann gäbe es keinen Konjunktiv mehr. Er hat ihn nie benutzt, den Konjunktiv, auch niemals gesagt, ja, wenn die Zeiten andere gewesen wären, weil man keine anderen Zeiten bekommt, hat er gesagt, als die, die man hat. Vielleicht hat er sich in Gedanken mal etwas anderes vorgestellt, aber sicher bin ich mir nicht. Ich bin doch kein Fantast, hat er gesagt, denn die Fantasie war seine Sache tatsächlich nicht. Aber er war auch nicht bloß deshalb einverstanden mit seinem Leben, weil er sich ein anderes nicht hat vorstellen können, das wäre zu leicht.

Lange steht er im Raum, dein Satz, dass du es genau so wieder machen würdest, und unsere Augen reisen weiter über die Dächer. Irgendwann sagst du: Geh jetzt, sonst wird es zu spät. Meine Augen sind noch nicht zurück von der Reise, da hast du schon aus dem Nachttisch die verschweißten Päckchen mit Schmierwurst und Streichkäse geholt, die du nicht magst, und sie mir in die Manteltasche gesteckt wie eine Wegzehrung. Dann schlurfst du mit mir zum Aufzug wie immer, wenn du dich auf den Beinen halten kannst und nicht gerade pusten musst, und winkst mir noch nach, nicht mit der ganzen Hand, sondern nur mit den Fingerspitzen, bis sich die Tür zwischen uns zuschiebt.

Auf dem Adventskranz im Foyer brennen alle vier Kerzen, und der Pförtner nickt mir zu, als ich vorbeigehe. Zu Hause lege ich die Döschen in den Kühlschrank, obwohl man sie nicht kühlen muss. Immer wieder wuchsen dort kleine Dosenberge, wenn du in der Klinik warst und für uns gesammelt hast.

Noch viele Wochen später, nachdem du schon die Nelke in der Hand hattest, entdeckte ich hinter den Senfgläsern ein paar von ihnen. Aber bis dahin verstrichen noch ein Frühjahr, ein Sommer und ein halber Herbst.

## ~ 29 ~

Irgendwie passte es nicht in die Zeit. Was fängt man auch an mit Foxtrott, Cha-Cha-Cha und dem ganzen «rechts vor, bei und rück», wenn man ansonsten nur in abgeschnittenen Jeans und derben Schuhen herumläuft und Gauloises raucht? Es passte nicht zusammen. Aber mit einem Mal wollte ich es dann doch, obwohl niemand es von mir verlangte. Er hat sich gefreut und Mutter auch, es gefiel ihnen, dass ich mich fortan richtig bewegen können wollte. Man weiß nie, wozu es gut ist, sagten sie und meinten Cha-Cha-Cha, Rumba und so weiter. Und die drei Monate bis zum Abschlussball vergingen schnell.

Alle zusammen sind wir dann in die Kaiserstraße gefahren an diesem nasskalten Dezemberabend. Auf dem Weg erfuhr ich, dass die Tanzschule Herbst nach dem Krieg genau in der Wohnung untergebracht war, in die wir später einzogen. Unser Wohnzimmer war der Tanzraum gewesen, und an Stelle einer Gebühr für den Unterricht brachte jeder Teilnehmer damals ein Brikett für den Ofen mit.

Mutter hatte sich am meisten auf diesen Abend gefreut, denn sie tanzte gern, und an der Leichtigkeit, mit der sie über das Parkett füßelte, sah man sofort, dass sie auch eine gute Tänzerin war. Dein Vater kann nicht tanzen, hatte sie schon vorher zu mir gesagt und diesen Umstand bedauert und dann etwas leiser hinzugefügt: Dein Vater schäkert lieber mit den Frauen.

Ich hatte ihn bis dahin nur ein einziges Mal tanzen sehen und konnte deshalb nicht einschätzen, ob er gut war auf dem Tanzboden oder eher schlecht. Mit dem anderen hatte sie aber wahrscheinlich Recht.

Wir saßen an getrennten Tischen. Die Eltern waren vorn um die alte Elly Herbst gruppiert, die an diesem Abend ihre letzte Conférence halten wollte, und weiter hinten im Saal saßen wir unterschiedlich herausgeputzten Eleven. Nachdem die letzten Worte verhallt waren über die Jugend und den Schoß der Gesellschaft, mussten wir, in kleinen Gruppen, alle Schritte zeigen, die wir gelernt hatten. Ich machte aber offensichtlich eher den Eindruck, als ob ich nichts gelernt hätte. Denn oben schob ich meinen

Partner, und unten trat ich gegen seine Füße. Das war nicht Rumba und Cha-Cha-Cha, sondern schrecklich und peinlich und dauerte lange sechs Minuten. Ich verstand auch nicht, warum ausgerechnet dieser Tanzschüler es darauf angelegt hatte, mit mir am Tisch seiner Eltern vorbeizudefilieren. Vielleicht wollte er zeigen, mit welcher Schönen er tanzte, aber die Schöne kam ständig aus dem Takt und stand ihm auf den Zehen, und das warf weder auf ihn noch die Rumba ein gutes Licht.

Dann kam der Höhepunkt des Abends, und die Elevinnen wurden aufgefordert, ihre Väter zum Tanz zu holen. Da habe ich verzweifelt das Loch im Boden gesucht, denn darauf war ich nicht vorbereitet, und jetzt sollte ich plötzlich mit ihm tanzen, wo er doch nichts verstand davon und ich schon gar nicht, und alle würden auf uns sehen und sagen: Was sind das für schlechte Tänzer.

Aber er lachte nur und sagte: Na, dann wollen wir mal, aber ich wollte nicht und habe mich dann durch den Raum schieben lassen, und es ging noch schlechter als mit dem Jungen, weil mein Vater sich überhaupt nicht an die Regeln hielt und einfach tanzte, wie es ihm passte, und nicht rechts vor, rück bei, wie ich es gelernt hatte. Als es vorbei war, habe ich mich sofort wieder zu den anderen gesetzt und kein einziges Mal mehr getanzt, nicht mit dem Rumbatänzer und auch sonst mit keinem. Obwohl es dann lockerer wurde und alle mit allen tanzten. Aber ich wollte nie wieder aufs Parkett und Schritte zählen.

Dafür habe ich mit einem, der auch nicht tanzte, herumerzählt und geschäkert. Ab und zu sah ich meiner Mutter aus den Augenwinkeln zu, wie sie tanzte, strahlend und mit viel mehr Schritten, als ich gelernt hatte. Ihn sah ich am Tisch sitzen und mit den Leuten lachen.

## ~ 30 ~

Heiligabend. Wir besuchen dich im Krankenhaus, aber nicht alle zusammen, damit es dir nicht zu viel wird und du nicht pusten musst. Was wünschst du dir?, hat in diesem Jahr keiner von uns gefragt. Gesundheit, hieß deine Antwort ja alle Jahre davor, wenn man dir mit dieser Frage kam. Und was solltest du gerade diesmal anderes sagen, wo nur ein Quäntchen davon helfen würde, dich hier herauszubringen. Trotzdem haben wir dir kleine Geschenke mitgebracht. Selbstgebasteltes von den Enkeln und einen Bildband über Mecklenburg. Ich bin ein Mecklenburger, hast du zu unserem Erstaunen im Sommer gesagt, jetzt weiß ich, dass ich ein Mecklenburger bin. Dein Leben lang hatten dich alle für einen Rheinländer gehalten, nicht nur ich, auch die anderen waren sich darin sicher gewesen, aber du musst schließlich wissen, ob du einer von denen sein willst, zu denen es dich zufällig verschlagen hat, oder lieber ein Mecklenburger.

Zusammen schauen wir uns die Landschaftsbilder an und wollen einen Blick werfen auf Güstrow. In diesem Ort wurde dein Großvater geboren, das hast du herausgefunden auf der Suche nach deinen Wurzeln. Eine Fahrt dorthin steht schon lange auf deiner Reiseliste, aber mit der Zeit ist dieser Wunsch immer unwirklicher geworden. Das mache ich nachher, unterbrichst du uns und willst die kleinen Geschenke und das Bild von Güstrow nicht ansehen. Wir gehen hinaus auf den Gang und suchen Platz in einer Nische, wo wir zusammensitzen können, neben dem Weihnachtsbaum deiner Station. Du, deine beiden Töchter und die kleine Enkelin, die dich kaum kennt, weil sie weit weg wohnt und jetzt lieber mit den Krankenschwestern spielt und Zellstofftupfer und Plastikspritzen sammelt. Wir sehen ihr zu und später auf die große Uhr.

Dann drückst du der Kleinen das rote Kerzchen in die Hand, das die Schwestern am Morgen auf deinen Nachttisch gestellt haben, und sie greift zu und freut sich. Geht jetzt, sagst du, sonst wird es zu spät, und wir wollen auch gehen, denn sonst wird es wirklich spät, weil wir ja noch vor dem Christbaum singen müssen, den wir eigentlich für dich besorgt hatten und der viel kleiner ist als der, den du früher für uns aufgestellt hast, und Geschenke auspacken und essen, und auch für die Kleine wird es sonst wirklich zu spät. Wir steigen in den Aufzug. Du bleibst zurück und winkst dieses kleine Winken mit den Fingerspitzen. Als sich die Tür schließt, ist es für einen Moment ganz still. Dann sagt die Kleine: Opa krank, und zeigt mit ihrem Fingerchen zur Aufzugtür, dorthin, wo du eben noch gestanden hast.

## ~ 31 ~

Mal sehen, ob ihr genug Butter gegessen habt, sagte er manchmal, als wir noch ziemlich klein waren. Er pflückte eine Butterblume von der Wiese und unterzog uns einem kleinen Test. Sieh nach oben, sagte er zu meiner Schwester und hielt das zarte Stängelchen unter ihr Kinn. Wie immer warf die Sonne einen leicht gelben Schatten auf den blassen Kinderhals. Genug Butter gegessen, stellte er zufrieden fest und nahm mich an die Reihe. Mit hochgezogenen Augenbrauen sah er auf meinen Hals und äußerte mit einem «Mh, mh, mal sehen», dass der Befund noch höchst fraglich wäre. Doch dann kam das befriedigende Ergebnis: auch genug Butter gegessen. Dann war das Spiel zu Ende, und wir tobten weiter über die Wiesen.

Später habe ich mich oft gewundert, warum ich mich an diesen Butterblumentest so gerne erinnere, aber ich kam nie zu einem richtigen Ergebnis. Vielleicht war es einfach dieses Oho und Olala, mit dem er seine Einlagen immer inszenierte. So wie an jenem Tag, als er plötzlich mit einem unförmigen Gerät in der Tür stand und Mutter meinte: Was hast du denn da wieder angeschleppt? Mit seinem Hoho, ihr werdet schon sehen, hat er es dann langsam ausgepackt und als Höhensonne präsentiert. Wir wussten gar nichts anzufangen mit dem Monstrum auf dem schweren, metallenen Sockel und den dicken schwarzen Halterungen an den Seiten, aber er hat Brillen ausgeteilt, dunkle Brillen, durch die man fast nichts sehen konnte, mit gepolsterten Rändern um die Gläser und einem Gummiband, das man hinter dem Kopf schließen musste. Gegenseitig drückten wir die Verschlüsse zusammen, was nicht ganz leicht war bei diesen Brillengestellen, und dann legte er den dunkelroten Schalter um, und nebeneinander aufgereiht starrten wir in das gleißende Licht. Wir Kinder kicherten, weil wir nicht wussten, was der Spuk sollte, und weil es so komisch aussah, wie wir da saßen, aber er meinte, dass es gesund wäre, und sagte: So kommen wir gut über den Winter und werden nicht krank. Aber wir waren auch vorher nicht krank, weil wir doch jeden Sommer an die Nordsee fuhren wegen der guten Luft und der Gesundheit. Und nach einer Weile verschwand die Höhensonne in einer Ecke, und er räumte sonntags nicht mehr das Radio herunter von dem kleinen Schrank, um Platz zu machen für das Strahlenmonster. So saßen wir wieder ohne dunkle Brillen davor, guckten statt in den gleißenden Höhensonnenring in das sanft flackernde grüne Auge des Loewe-Radios und hörten Geschichten. Manchmal hörte er mit uns zu, aber noch lieber saß er davor, wenn die Fußballberichte kamen. Dann sprang er bei den entscheidenden Szenen auf, trat mit dem Fuß in die Luft oder schlug sich aufs Knie, und wenn er «Tor» brüllte, mussten wir alle lachen, aber das bekam er gar nicht mit, weil er mit Leib und Seele auf dem Platz stand. Später, als er uns einen Fernseher mitbrachte und auf der Mattscheibe sehen konnte, wie die Bälle flogen, hat er den Ton weggedreht und das Radio angestellt, weil ihm die Rundfunkreporter viel besser gefielen. Die hatten mehr Hoho und Olala in ihrer Sprache. Mit Hoho und Olala hat er irgendwann auch den ersten Plattenspieler angeschleppt, einen kleinen grauen Kasten, der genau auf das Radio passte. In seinem Deckel befand sich ein Lautsprecher, den man abnehmen und in der Nähe aufstellen konnte. Für uns Kinder hatte er Märchenschallplatten besorgt, und so konnten wir nun Geschichten hören, wann wir wollten, und nicht mehr nur, wenn das grüne Loewe-Licht flackerte. Für unsere Mutter hatte er auch eine Schallplatte mitgebracht mit einem Lied aus Frankreich. Das legte er gleich auf, und dann hat Charles Aznavour gesungen, ganz laut hat er gesungen, der Charles Aznavour, ganz laut: «Du lässt dich gehn, du lässt dich gehn», und da ist sie aus dem Zimmer gelaufen, und er rief noch hinterher: Du kannst aber auch keinen Spaß verstehen, und als wir später am Tisch saßen und Heringe aßen, hat sie fast nichts angerührt, nur ein paar Mal ganz leise die Nase hochgezogen. Und danach hat er bei uns nicht mehr gesungen, der Charles Aznavour.

## — 32 —

Der feuchte Februar macht dir zu schaffen. Nach dem Krankenhausaufenthalt versuchst du wieder kleinere Zahlen in deine Liste zu schreiben, aber du kommst nicht weit damit. Bei neun ist Schluss, sagst du, und meinst die Menge des täglichen Cortisons, sonst kommen die Anfälle wieder. Du duldest keine Blumen mehr im Zimmer, weil ihr Duft dich zum Keuchen bringt. Auch die Gerüche aus der Küche stören dich. Du bist schwach, und deine Kreise sind enger geworden, sehr eng. Die kleinste Bewegung wird anstrengend und zwingt dich zum Ausruhen. Die Stufen zur Haustür hinab sind dir zu viel, und du gehst kaum noch aus dem Haus. Ein Besuch beim Frisör ist nicht mehr möglich, und so komme ich mit Kamm und Schere zu dir, um den Figaro zu ersetzen. Ganz weiß sind deine Haare und glänzen wieder, seitdem die Ärzte dich nicht mehr mit der chemischen Keule traktieren. Ich lege dir ein Handtuch um die Schultern und kämme deine Haare vom Wirbel aus nach allen Seiten. Keinen Pottschnitt, sagst du, und ich spüre, dass du meine Fähigkeiten in Frage stellst.

Du hattest immer ein Faible für den Fachmann. Keine Stümpereien, war deine Devise, und wenn es ging, hast du die Finger von allem gelassen, was dir fremd war. Keine Sorge, beruhige ich dich, ziehe einen Scheitel und beginne, mit meiner scharfen Schere an deinem Kopf herumzuschnipseln. Am Hinterkopf werde ich zögerlich, weil mir der weiße Schopf viel besser gefällt als der ausrasierte Nacken, mit dem dich die Fachmänner zugerichtet haben. Jetzt sieht es nicht mehr so korrekt aus, eher wie ein Künstlerkopf, und das finde ich besser, obwohl ich weiß, dass du kein Künstler sein willst, nicht einmal in der Fantasie, das hast du oft genug gesagt. Ein bisschen schneide ich noch ab, obwohl auch Mutter aus der Diele ruft: Nicht so viel. Ihr scheint der weiße Schopf auch besser zu gefallen, vielleicht so wie früher, als die Leute sagten: Wie Hemingway, sieht er nicht aus wie Hemingway? Aber das sagten sie nur in den Ferien, denn danach wurden Haare und Bart wieder gestutzt, weil du für deine Kunden korrekt und gepflegt aussehen wolltest und nicht wie Hemingway.

Sorgfältig schneide ich die dünnen Härchen an den Schläfen und lege die großen Ohren frei. Zwischendurch kitzele ich sie wie früher, als ich klein war und zum Gutenachtsagen in dein Zimmer kam. Du hast am Tisch gesessen und deine Order geschrieben, und ich bin hinter dir auf die Lehne geklettert, habe mir von beiden Seiten die warmen Ohrläppchen gegriffen und gekrault, bis du meine Handgelenke genommen und mich für ein letztes Küsschen über die Schulter gezogen hast. Und dann hast du mir mit dem Kinn, das am Abend stoppelig und ganz hart war, über die Wange gekratzt. Das war jedes Mal ein so schaurig scheußlicher Gegensatz zu den weichen Schmuseohren, dass ich kreischend hinuntersprang. Du hast gelacht und Ab durch die Mitte gerufen, und ich bin mit brennender Wange aus der Tür und hoch in mein Zimmer gelaufen.

Deine Bartstoppeln sind jetzt weicher geworden, sie wachsen auch nicht mehr so wild. Das fühle ich beim Eincremen, mit dem ich meine Behandlung abschließe. Ich falte das Handtuch mit den feinen Haarspitzen zusammen und drücke dir den Rasierspiegel in die Hand. Hinter deinen Kopf halte ich den großen Spiegel aus der Diele, damit du dich rundherum betrachten kannst. Aber du willst keinen großen Staat machen und fährst dir nur kurz mit der Hand über den Hinterkopf, um zu prüfen, ob der Schnitt korrekt ist und das Haar sich nicht mehr über den Kragen stülpt.

Eine Zeit lang werde ich nicht kommen können, sage ich dir beim Abschied, weil ich wegmuss, um meine Arbeit zu machen. Nicht weit weg, aber weit genug, um nicht mal schnell vorbeischauen zu können. Da hast du wieder das Glitzern in den Augen, holst einen Schein aus deinem Zimmer, steckst ihn mir beim Abschied in die Jackentasche, zwinkerst und sagst leise: Für die Reise.

Es ist nur die Reise, die deine Neugier weckt, meine Arbeit für das Fernsehen interessiert dich nicht. Von mir aus kann der schwarze Kasten ausbleiben, hast du schon früher gesagt und lieber eine Landkarte genommen und mit dem Finger Strecken gemalt, die du noch nicht gefahren bist. Und wenn die anderen vor dem Fernseher saßen, hast du gesagt: Hockt ihr schon wieder vor dem schwarzen Kasten? Auch als ich anfing, ihn selbst mit Bildern und Wörtern zu füttern, war das für dich kein Grund, ihn anzustellen. Am Anfang, als es mir noch wichtig war und ich wissen wollte, wie du meine Bilder und Wörter fändest, hast du dich mal zu mir gesetzt, aber es fiel dir nichts dazu ein, und danach haben wir ihn aus gelassen, den schwarzen Kasten, und ich habe dir nur von den Reisen erzählt, die ich gemacht habe, um Bilder und Wörter für den schwarzen Kasten zu sammeln. Dafür hattest du ein Ohr.

## ~ 33 ~

Er hatte es immer mal wieder gesagt, ganz nebenbei, wenn wir zum Spazieren auf den Berg gingen. Damals wohnten wir noch nicht oben, sondern unten, am Fuß das Berges. Auf halber Höhe lag eine Realschule für Mädchen, und wenn wir dort vorbeikamen, sagte er: Da wirst du später einmal hingehen. Als ich noch nicht wusste, was eine Realschule ist, habe ich vertrauensselig zurückgelächelt und mich gefreut. Aber ein paar Jahre später war der Zeitpunkt gekommen, wo entschieden werden musste, wie es weitergeht, und da hatte ich so eine Ahnung. Ich wusste zwar immer noch nicht genau, was eine Realschule ist, aber doch so genau, dass ich da nicht hinwollte, auf keinen Fall. Ich fürchtete, dass man dort alles lernen musste, was einen durchs Leben bringt, Zahlen zum Beispiel, und ich hatte kein besonderes Vergnügen an den realen Dingen, und Zahlen sagten mir überhaupt nichts. Wörter mochte ich lieber und das, was man mit ihnen anstellen konnte, vor allem in der Fantasie. Zum Vergnügen schrieb ich kleine Geschichten in die schwarzen Schulhefte, aber das interessierte ihn nicht, und er lächelte auch nicht mehr, sondern sagte: Was soll der Quatsch?, so wie er immer redete, wenn für ihn der Spaß zu Ende war, und: Du gehst da hin. Er kann mich nicht mögen, dachte ich damals, nicht wirklich mögen, und das ganze Gerede und Geschmuse ist für mich nichts mehr wert, wenn er das von mir verlangt. Und ich wollte nicht nachgeben, auf gar keinen Fall nachgeben. Dann habe ich mich auf die kleine Fensterbank im Erker des Kinderzimmers gezwängt, die so eng war, dass niemand daneben passte, habe hinausgesehen oder, besser, weg von den anderen und tagelang geweint. Immer wieder habe ich mich dort verkrochen und gedacht, das ist das Ende. Wie lange es dauerte, weiß ich nicht mehr, aber mir schien es sehr lang, bis Mutter als Erste ein Einsehen hatte und zu ihm sagte: Lass sie doch auf die höhere Schule. Aber er hatte kein Verständnis für so eine Meinung, weil er die Zahlen liebte und vielleicht dachte, dass ich sie auch lieben müsste, weil ich doch seine Tochter war und er sich nicht vorstellen konnte, dass seine Tochter Vergnügen an den Wörtern hatte, wovon er nur wenig verstand, und nur an die Folgen dachte. Wer soll ihr da helfen?, hat er immer wieder gefragt. Französisch, Latein, Englisch und das alles. Ich hatte noch nie Hilfe gebraucht, jedenfalls nicht in der Schule, und habe laut geschrien: Ich brauche keine Hilfe, so laut man als kleines Mädchen schreien kann, das an sich denkt und wie es mit ihm weitergeht.

Irgendwann ist er dann weich geworden, und ich habe die Schule gewechselt und all die Dinge gelernt, ohne Hilfe, und es war nie mehr die Rede davon. Später, viel später habe ich ihn mal gefragt: Weißt du noch? Aber er wollte sich nicht erinnern, oder vielleicht wusste er es auch nicht mehr. Doch einmal muss er wohl stutzig geworden sein.

Bleibt mal stehen, rief er, als wir schon fast an der Menschenmenge vorbei waren, wartet doch! Und dann sind wir stehen geblieben und haben auf ihn gewartet. Er stand neben den Leuten und schaute zu, wie sie sich die Köpfe heiß redeten. Was hat er denn davon?, haben wir gedacht, er versteht doch ihre Sprache nicht. Aber das schien ihm nichts auszumachen. Die Männer gestikulierten mit viel Hoho und Hört mal her, und das war ihm nicht fremd. Aber nach einer Weile wollte er es wohl genauer wissen und fragte uns: Worum geht es bei dem, der da spricht?, und er schien zu erwarten, dass wir es ganz genau wüssten, weil er uns doch deswegen auf die Schule geschickt hatte, damit wir alles verstehen könnten. Aber in unseren Schulbüchern gab es kein Speaker's Corner und auch keine Menschen, die einfach drauflosredeten über das, was sie bewegt. Das kam nicht vor. Wir zuckten die Achseln und machten ratlose Gesichter. In London waren wir zum ersten Mal und selber überrascht, dass wir so wenig verstanden und die Wörter so anders klangen als in unserem Unterricht. Da haben wir ihm gesagt, dass wir die Leute auch nicht verstünden. Und er hat den Kopf geschüttelt, als ob er nicht glauben wollte, dass wir die fremden Wörter nicht erkannten.

Noch ein paar Mal forderte er uns auf und sagte: Frag den mal, oder: Was hat der denn gesagt?, aber danach hat er aufgehört zu fordern und zu fragen, und es blieb eine fremde Stimmung zwischen uns, viel fremder als die Atmosphäre in der Stadt.

## — 34 —

Bescheiden, sagst du zum ersten Mal auf die Frage, wie es dir geht, nicht: Man wird sehen, oder: Mal abwarten, und all das beschwichtigende Zeug. Die vielen Mittel, die du einnehmen musst, tricksen sich vermutlich schon lange gegenseitig aus, und die braunen Flecken auf der Haut beunruhigen dich, weil sie zeigen, dass das Cortison auf dem Vormarsch ist. Du verlierst allmählich den Glauben daran, kleinere Zahlen in deine Listen schreiben zu können, auch die Hoffnung, dass die Schaden-Nutzen-Gleichung jemals wieder aufgeht. Überall sammelt sich Wasser in deinem Körper, und du hast Mühe, es wieder loszuwerden. Nachts findest du kaum Zeit, zu schlafen und dich auszuruhen, und ein müdes Gefühl macht sich breit. Es ist Frühjahr, und wenn der Sommer sich dem Ende zuneigt, wirst du fünfundsiebzig. Was sollen wir an deinem Geburtstag Schönes machen?, wollen wir dich aufheitern, aber du sagst nur: Das ist noch lange hin, und, nach einem Zögern: Wenn ich es überhaupt noch erlebe. Es klingt ernst, nicht mehr kokett wie früher, wenn du so etwas gesagt hast. Aber niemand will es hören. So darfst du nicht reden, sagen wir.

Stattdessen erzählst du vom Krieg, immer wieder stockend vom Weg deiner Flucht aus dem Kessel von Kiew und wie sie dir gelungen ist mit der Geheimen Kommandosache und wie du dein Bein gerettet hast und die Frauen dich versteckt haben, bis du wieder gehen konntest. Sonst wäre ich heute nicht hier, sagst du wieder, aber das will auch keiner hören. Alle wollen wissen, wie es weitergeht, und sagen: So geht es doch nicht weiter. Und manchmal sagt keiner etwas, wenn wir zusammensitzen, nicht lange, aber so lange doch, um zu merken, dass niemand eine Idee hat, wie es weitergehen könnte.

Du hast es gut, sagst du in die Stille hinein, und meinst mein Leben. Eigentlich finde ich das auch, aber manchmal auch nicht, wenn ich daran denke, wie alles weitergehen soll, und ich merke, dass ich müde werde wie die anderen.

Ein paar Abende später rief er mich an und wollte, dass ich etwas besorge für die Kinder der kranken

Kusine, aber ich wollte nicht und habe geantwortet, ich kann mich nicht um alle kümmern. Da ist er böse geworden und hat mich angeherrscht: Das ist doch nicht zu viel verlangt. Und dann hat er den Hörer aufgelegt, einfach aufgelegt mitten in meinem Satz. Ich bekam Angst davor, wie es weitergeht und dass es nicht bleiben würde beim «du hast es gut», sondern dass er mir auf einmal wieder sagen wollte, was gut ist, und ich wurde wütend und habe So geht das nicht! vor mich hingebrüllt und: Was mischt er sich ein in mein Leben?

Ich habe der Kusine nichts gekauft, weil ich spürte, wie es mir zu viel wurde mit dem Kümmern, gerade weil es nur eine Kleinigkeit war. Als ich ihn am nächsten Tag besuchte, sah er zornig aus, so zornig wie selten, und dann fing er wieder an und sagte, dass er sehr enttäuscht von mir sei. Und ich habe nur Verschwinde! gesagt und war selber erschrocken, dass ich Verschwinde! gesagt habe, und noch mehr erschrocken, als er daraufhin in sein Zimmer verschwand und nicht mehr herauskam.

Auf der Rückfahrt habe ich gedacht, stirb doch, aber vier Kilometer später tat er mir schon wieder Leid, als ich mir vorstellte, wie er röchelnd auf seinem Bett lag und nicht genügend Luft durch den Strohhalm bekam. Ich wusste nicht mehr, wie es weitergehen sollte. In meinem Kopf hatte nichts mehr Platz neben dem Strohhalm und dem Pusten und dem «du hast es gut». Mir ging es überhaupt nicht so gut, wie er dachte, und ich wollte mir wieder eine Nische einrichten für die anderen Dinge, die, von denen er nichts wissen und auch nichts haben wollte, denn ich merkte, wie mir die Bilder und Wörter für meine Arbeit ausgingen und die Fantasie, um den schwarzen Kasten zu füttern, und das war nicht gut. Aber es war nicht so leicht mit dem Platz machen und Nische einrichten. Noch weniger, seitdem etwas zwischen uns stand und wir nicht so tun konnten, als sei nichts gewesen. Aber darüber reden konnten wir auch nicht.

Wie damals, dachte ich, als er nicht verstehen wollte, warum die Studenten auf die Straße gingen und die Kinder anders erzogen wurden oder auch mit guten Gründen abgetrieben, und er nur gesagt hat: Denen geht es wohl zu gut. Und als die Emaille von meinem Ring absplitterte, weil ich mit der Faust auf den Tisch schlug, und er immer noch nicht zuhören wollte und nur gelächelt hat und gesagt, dass ich das mit dem Diskutieren noch lernen müsste, da hat er mich auch nicht verstanden. Inzwischen hatte ich diskutieren gelernt, aber die Worte halfen uns nichts. Seine waren mir zu weit weg oder zu nah, und vielleicht ging es ihm mit meinen ebenso. Ein bisschen Wasser den Rhein runterlaufen lassen, wie er es immer gesagt und gemacht hatte, nur nicht künstlich aufregen, so wollte ich es nun auch einmal versuchen in der Hoffnung, dass wir dann wieder zusammensitzen könnten und er zum Abschied ans Fenster kommt und mit den Fingerspitzen winkt.

## — 35 —

Wir sitzen uns gegenüber in einer alten Dahlemer Villa. Die Väter auf der einen, Söhne und Töchter auf der anderen Seite des Tisches. Es ist ein Experiment. Am Kopfende spricht ein smarter Dozent über die Rolle der Väter und welche Bedeutung sie haben für die, die sie erziehen. Das Schweigen der Zuhörer ist konzentriert. Ich beobachte ihn aus dem Augenwinkel. Mit verschränkten Armen sitzt er da und wirkt mürrisch wie selten. Als er schließlich das Wort ergreift, spüre ich, wie ich rot werde. Was sagt er da? Was sagt er da über seine beiden Töchter, die ihm gegenübersitzen? So kann er es doch nicht meinen. Er hat sich falsch ausgedrückt. So meint er es nicht, doch nicht so! Ich sage nichts. Ich bin nur Gast. Meine Schwester ist Studentin in Berlin. Doch, doch, so ist er, sagt sie in der Pause zu mir. Ich aber will es gerade rücken, für mich passend machen. So darf mein Vater nicht reden, nicht wie ein kleiner Erbsenzähler, der von Enttäuschung spricht und sagt: Das hat man dann von seiner Toleranz. So einer ist nicht mein Vater. Vielleicht hat er etwas falsch verstanden, weil er mehr von Zahlen versteht als von Wörtern, und deswegen frage ich ihn erst, als wir wieder draußen sind, wie er es gemeint hat, und sage, so wie er es gesagt habe, könne er es doch unmöglich gemeint haben. Doch, doch, genau so, sagt er mit einer Bestimmtheit, die alles weitere Reden vergeblich macht, und für den Rest des Tages schweigen wir uns gemeinsam durch die fremde Stadt.

Nachts schlafen wir in einer Wohngemeinschaft, alle zusammen in einem Zimmer, in verschiedenen Ecken auf losen Matratzen. Ich liege wach und kaue immer noch an seinen unverdaulichen Worten. Da werde ich zum ersten Mal auf seinen Atem aufmerksam, höre, wie er plötzlich aussetzt, in unregelmäßigen Abständen für kurze Momente aussetzt, und bekomme ein anderes Gefühl, das nicht zu dem passt, was ich vorher hatte.

Später, eine ganze Zeit später mag er erneut gedacht haben, das hat man dann davon, aber sicher bin ich mir nicht. Jedenfalls haben wir uns mit der Hand an die Stirn geschlagen und voller Entrüstung gesagt: Da wirst du doch wohl nicht hingehen, von diesem Scheißstaat wirst du dir doch keine Medaille umhängen lassen, und: Da kannst du alleine hingehen. Das hat er dann auch gemacht, ohne ein Wort zu verlieren, ohne Erklärung. Er wollte wohl auch nichts erklären. Vierzig Jahre waren angehäuft, in denen er für seine Firma die Steine aus den Trümmern gesucht und an der alten Stelle aufgestapelt und danach mehr als sein halbes Leben lang gearbeitet hatte. Weil er ein Mann der ersten Stunde und der Firma treu geblieben war, sollte er von Vater Staat geehrt werden für seine Verdienste und mit dem Schwarzrotgoldenen dekoriert, und was sollte er dazu weiter sagen?

Ohne seine Kinder, nur unsere Mutter stand ihm zur Seite, hat er sich vom Bürgermeister, der den Staat vertrat, die Hand schütteln und den Orden anstecken lassen. Getragen hat er ihn danach nie wieder und auch nicht weiter davon erzählt. Nicht nur uns hat er nichts davon erzählt, wie Mutter gesagt hat, auch allen anderen hat er nichts erzählt, zumindest nicht, wenn sie dabei war. Und die Wahrscheinlichkeit ist groß, dass er tatsächlich keinem was erzählt hat. Einige haben es vielleicht in der Zeitung gelesen, aber von ihm haben sie es wohl nicht erfahren.

## ~ 36 ~

Der Sommer ist gekommen, und in deinem Zimmer ist es kalt. Du hast die Rollläden heruntergelassen, so weit herunter, dass es düster ist und die warmen Strahlen draußen bleiben und dich nicht zum Pusten bringen. Jetzt ist das Leben ausgesperrt, denke ich und fange an zu frieren. Erst gegen Abend, wenn das Sonnenlicht schwächer wird, werden die Fenster geöffnet. Den Kuchen, den ich mitbringe, kannst du nicht mehr essen, und ich finde keine Geschichten mehr, die dich aufmuntern. Der Weg zum Klo wird dir zu weit, immer häufiger hängen deine Hosen auf der Leine. Die Sätze, die wir reden, passen durch deinen Strohhalm, und bald, fürchte ich, passt auch unsere Mutter da durch.

Das ist doch kein Leben, denke ich, und: Das würde ich nicht leben wollen. Da bleibt doch nichts mehr übrig für dich und für die anderen. Du klingelst mit einer Glocke, wenn du einen Wunsch hast oder willst, dass jemand nach dir schaut. Den Arm überm Gesicht gewinkelt, liegst du in deinem Bett und verbirgst die Augen vor dem Licht. Nur Mund und Nase sind zu sehen. Der Walkman liegt verstaubt im Regal. Nachrichten von der Welt da draußen erreichen dich nicht mehr.

Ich setze mich zu dir und streichle deine Hand. Die Vor- und Ratschläge sind mir ausgegangen. Ich erzähle dir, wie schön die Blumen blühen, die ich aus den Ablegern in deinem Garten gezogen habe. Da huscht ein Lächeln über dein Gesicht, und du sagst: Hast ja doch noch was von mir geerbt. Und meinst nicht die Stockrosen, sondern das Vergnügen, sie zum Blühen zu bringen. Von deinen Touren hast du manchmal Samen mitgebracht und sie zu Hause in die Erde gesteckt. In deinem Garten war keine Pflanze gekauft, jeder Farbtupfer eine Erinnerung an Orte unterwegs. Junge Frau, hast du zu den alten Mütterchen gesagt, die in irgendwelchen Dörfern im Vorgarten werkelten, junge Frau, hast du sie angesprochen, da hätt ich gern mal einen Ableger, und dann haben sie dir ein Pflänzchen ausgebuddelt oder gesagt, du solltest im nächsten Frühjahr wiederkommen oder im Herbst, und das hast du auch gemacht. Die Namen der Pflanzen wusstest du nur selten, das sind die gelben aus dem Westerwald, an mehr hast du dich nicht erinnert, aber dir reichte es. Robuste Stauden waren dir besonders lieb, um die du dich nicht kümmern musstest. Für anspruchsvolles Gewächs hattest du keine Zeit. Du warst keiner, der am Wochenende Unkraut zupft und Beete pflegt. Die Pflanzen mussten schon mit sich selbst klarkommen.

## ~ 37 ~

Du hast zwei linke Hände, hat unsere Mutter immer zu ihm gesagt, wenn er wieder einen Nagel krumm gehauen oder sechs Löcher in die Wand gehackt hatte, wo sie nur eines brauchte, und das hat ihr nicht gefallen. Ich fand es lustig, wenn einer zwei linke Hände hat und Nägel krumm haut, dass es nur so von der Wand rieselt. Nur einmal hat es mir nicht gefallen, als er die Gardinenstange festmachen wollte und Nein, ich brauche keine Leiter, sagte und mit den Füßen auf dem Fensterbrett stand und Siehst du, es geht auch so, triumphierte und dann einfach runtersprang, statt langsam zu steigen, und mein schönes Bett, mein geliebtes Bett, in zwei Stücke teilte. Da hat es mir nicht gefallen, dass er zwei linke Hände hatte, und Mutter schon gar nicht. Siehst du, so geht es nicht, rief sie und schlug die Hände über dem Kopf zusammen, weil sie, glaube ich, auch ein bisschen Angst um seine Knochen hatte, aber er sprang mit einem Satz vom Bett, vielleicht, weil er dachte, es wäre noch etwas zu retten, aber es war nichts mehr zu retten. Obwohl er mir versprach: Du kriegst ein schönes neues, hat es mir da nicht gefallen, die Sache mit den zwei linken Händen, aber mit denen hatte es ja auch eigentlich nichts zu tun.

Ansonsten hatte ich lieber einen Vater, der nicht wie andere am Wochenende Regale zimmerte und Küchenlampen reparierte oder sein Auto polierte. Mir war ein Vater lieber, der Reisender war und mit uns Türchen machte und an Stellen fuhr, wo man bis zum Horizont sehen konnte oder weit aufs Meer hinaus. Bei dem man während der Autofahrt auf der Hutablage liegen durfte und in die rasenden Wolken schauen, bis es einem schwindlig wurde. Der «Oh du schöhöhöhner Wehehesterwald» sang und bei «schöhöh» immer lauter wurde, so laut, dass es bei «Wald» richtig krachte und wir Kinder hinten im Auto mit einstimmten und eine Achtelnote hinterhersangen. So einer war mir lieber.

Manchmal war auch unserer Mutter so einer lieb, der zwei linke Hände hatte, aber dafür Köpfchen, Köpfchen. Vor allem dann, wenn wir mal wieder ein Türchen machten und es so schön war, dass wir keine Lust hatten zurückzufahren, aber auch nichts dabei, was man braucht, wenn man ein Türchen macht, Zahnbürste und Nachtzeug und so etwas, und sie zu ihm sagte: Das können wir doch nicht, wir haben doch nichts dabei, wie sieht denn das aus? Da hat er gesagt: Na ja, dann nehmen wir eben was mit, damit es nicht so aussieht, als ob wir gar nichts dabei haben für ein Türchen, und dann hat er eine Tasche aus dem Kofferraum geholt, und wir sind alle zusammen am Portier vorbeigezogen. Und auf dem Zimmer hat sie ihn gefragt: Was ist denn das für eine Tasche?, und er hat die Schnallen aufgeklappt und das Werkzeug für sein Auto herausgeholt, und wir haben uns schiefgelacht und mit dem Wagenheber herumgekaspert und uns das Gesicht des Portiers vorgestellt, wenn er in unsere Tasche geguckt hätte. So ein Vater war mir allemal lieber.

Und später wollte ich auch lieber einen Mann, der zwei linke Hände hat und mich irgendwohin fährt, wo es was zu sehen gibt, und der Geschichten erzählen oder singen kann, nicht gerade vom Westerwald, sondern eher von Sehnsucht und der Ferne. Viele gab es nicht davon, stellte ich irgendwann fest, die meisten wollten doch lieber Wände streichen und Wasserhähne reparieren, aber zu finden waren sie schon.

Unsere Mutter hätte vielleicht gerne so einen gehabt, der sich ums Haus kümmerte und mal mit anfasste, wie sie immer sagte, und es gemütlich machte, aber unser Vater hat das Wort, solange ich denken kann, nie benutzt. Gemütlichkeit kam bei ihm nicht vor. Wie es im Haus aussah, war ihm egal, ihn interessierte, wie es draußen war, er war Reisender. Er sagte auch nie «nach Hause», wenn wir den Heimweg von einem Türchen antraten, er sagte immer: Jetzt fahren wir zurück. Und wenn wir dort ankamen, wo für uns «zu Hause» war, sah ich ihn seine Sachen packen für den nächsten Tag.

Und wenn er am Morgen das Haus verließ, ging er gerne. Nie hat er gesagt: Ich bleibe mal zu Hause, oder: Heute fange ich mal später an, oder: So ein Sauwetter, da bleib ich doch gleich hier. Er machte sich immer schnell auf den Weg, so schnell, dass ich dachte, er kann es gar nicht erwarten, und manchmal habe ich noch hinterhergerufen: Halt, du wolltest doch noch, aber da war er schon an der Garagentür, und nur ein Hauch von seinem Rasierwasser wehte noch durchs Haus.

## — 38 —

Du hast es geschafft, die Fünfundsiebzig vollzukriegen. Deine drei Kinder sind gekommen, um dir zu gratulieren, und das jüngste deiner Enkel. Mehr sollten es nicht sein, mehr wären dir zu viel, hast du gesagt. Und auch so musstest du dich zwischendrin immer wieder hinlegen und ausruhen.

Aber erst mal saßen wir zusammen, so wie wir schon lange nicht mehr zusammengesessen hatten. Wir haben erzählt und gesagt: Jetzt hast du die Fünfundsiebzig geschafft, das wolltest du doch immer, die Fünfundsiebzig schaffen, obwohl du gesagt hast, wer weiß, ob ich das schaffe, und siehst du, jetzt hast du es doch geschafft. Und die kleine Enkelin hat sich an dich gelehnt und mit deinem Ohr gespielt. Wir haben ein Foto mit dem Selbstauslöser gemacht für später, wenn wir uns erinnern wollten, und alle haben gelächelt oder es zumindest versucht. Dass es das letzte Foto sein sollte, auf dem du und wir alle zusammen zu sehen waren, weil du bald die Nelke in der Hand halten würdest, wusste ich nicht. Aber so eine Ahnung hatte ich schon, als ich dir die Karte schenkte mit den wilden Blumen darauf und dir außer dem Glückwunsch, den man immer schreibt, und der Gesundheit, die man wünscht, ein Danke darauf geschrieben habe für alles, was du für mich getan hast. Es war mir ganz komisch, als ich es aufschrieb, weil ich mit einem Mal befürchtete, dass du denken könntest, ich glaubte, es sei bald Schluss. Und so, wie du die Karte ansahst, bekam ich dann auch das Gefühl, dass du das wirklich dachtest, weil du nichts gesagt hast, nichts. Du hast nie viel gesagt, wenn man dir etwas geschenkt hat, und man konnte sich auch nie ganz sicher sein, ob es dir gefällt, aber zumindest so ein kleines «Mh, mh» oder «So so» oder «Na, das ist ja was» hast du immer gesagt. Diesmal aber nicht. Du hast die Karte gleich beiseite gelegt. Später haben wir telefoniert, und du hast dich bedankt für eine Karte, die ein anderer geschrieben hatte, der mir nahe war und dem ich ganz herzlich danken sollte für die wunderschöne Karte. Die war aber gar nicht wunderschön und auch nicht herzlich, eher förmlich, und für so eine Karte hättest du dich früher nicht so ausdrücklich bedankt, jedenfalls nicht so besonders. Und da war ich mir fast sicher, dass du nicht ihn meintest mit seiner förmlichen Karte, sondern mich mit dem, was ich auf meine geschrieben hatte, aber dass du uns beide schonen wolltest vor so viel Gefühl, wenn du es mit Worten gesagt hättest, weil dann nicht mehr genug Luft gekommen wäre durch den Strohhalm, denn für so viel Gefühl braucht man Luft, und die hattest du nicht mehr.

Später haben wir Meereskrabben gegessen und Forellenfilets in Wacholderrauch. Beides hast du immer geliebt, und es schien dir auch zu schmecken, und ich dachte, vielleicht erholt er sich doch und es geht wieder weiter. Am Abend haben wir uns Dias angeschaut und über die Zeiten gelacht, als du am Strand der Krocketmeister warst und die hölzernen Kugeln durch die Tore gestoßen hast nach Wettkampfbedingungen, in der wollenen Badehose.

## ~ 39 ~

Mit glühenden Wangen hingen wir auf dem Sofa, sanft aus dem Schlaf gerissen, weil wir Kinder es so wollten, unbedingt geweckt werden und den Zeitpunkt nicht verpassen, wenn die Kracher fliegen und das neue Jahr anfängt. Er konnte es selbst kaum erwarten und hat sich gefreut, wenn der Zeiger endlich auf die Zwölf sprang und er dann mit Hoho und Haha sein Feuerwerk kommentieren konnte. Mit jedem Jahr ist es leiser und schöner geworden, dachte ich später. Die lauten Knaller waren riesigen, rotierenden Sonnen gewichen und strahlenden Sternen. Außerdem durfte man Luftschlangen schmeißen und mit dem Finger ein Tröpfchen aus seinem Sektglas ergattern. Er machte sich nichts aus dem Prickelzeug, aber an Silvester wollte er kein Spielverderber sein, wie sonst manchmal, wenn er immer nur Kaffee oder Tee trank, aber weder Bier noch Wein, sondern allerhöchstens mal einen Aufgesetzten für die Gesundheit. Aber ich liebte Sekt, vor allem an Silvester. Einmal hat er mir einen Piccolo geschenkt, nur für mich alleine, ein eigenes Fläschchen. Vor Freude habe ich es durch die Luft geschwenkt, und dann kam der Sekt in hohem Bogen herausgeschossen, und ich hielt nur noch den nassen Flaschenhals in der Hand. Da ließ er mich an seinem Glas nippen, während er weiter die Feuer zündete.

Später, als wir Kinder nicht mehr mit ihm darauf warteten, dass der Zeiger auf Zwölf springt, hat er mit dem Feuerwerk ganz aufgehört. Nur einmal noch hat er eins gezündet. Zu meinem fünfundzwanzigsten Geburtstag, als ich schon lange nicht mehr sein Haus bewohnte. Mitten im Sommer, ein riesiges Feuerwerk und ein sehr leises dazu.

## ~ 40 ~

Ein paar Tage nach dem Fünfundsiebzigsten hast du gesagt, du müsstest noch einmal weg. Und das wollte keinem einen Sinn machen, dass du noch einmal wegwolltest, weil alle dachten, dass du es doch gar nicht mehr könntest. Aber du hast gesagt: Ich kann, und Mutter hat gesagt: Das ist doch Wahnsinn in seiner Verfassung. Das müsst ihr schon mir überlassen mit der Verfassung, wirst du gedacht haben und hast dich mit dem Auto zum Friedhof in der Stadt fahren lassen, nicht zu den Gräbern auf dem Berg, wo du dir schon eine Stelle für dich ausgesucht hattest, von der aus man einen weiten Blick hat, wenn man davor steht.

Für den Rückweg nehme ich den Bus, hast du gesagt. Nicht, weil du keine Umstände machen wolltest, dachte ich später, sondern weil du Zeit haben und dich nicht festlegen lassen wolltest, wann dein Ausflug zu Ende ist. Dein letzter, aber das wusste ich da noch nicht. Und dann musst du wohl allein und ohne Umweg, denn einen Umweg konntest du dir nicht mehr leisten, dafür reichte die Luft nicht, zum Grab deiner Mutter gegangen sein. Dass du dort auch angekommen bist, hast du mir später erzählt. Aber als du wieder nach Hause kamst, war es schon dunkel, weil du den Bus verpasst hast, und die anderen hatten schon gedacht, jetzt ist ihm was passiert.

Später habe ich gedacht, dass du an diesem Abend Abschied genommen hast von deiner Mutter und ihr gesagt hast, dass du von jetzt an nicht mehr kämst, und ich habe mir vorgestellt, wie du mit deinem Stock vor ihrem Grab stehst, ganz allein, und dich kaum halten kannst und sie um Verzeihung bittest, weil du sie nicht dort hast sterben lassen, wo sie wollte. Vielleicht hast du auch noch mehr gesagt, nämlich dass es so alles ein Scheiß ist, wenn einem die Luft wegbleibt, und dass du auch bald kommst, doch da bin ich mir nicht sicher. Denn gejammert hast du nie. Jedenfalls hast du mir später, als deine Lunge schon ganz schlapp war und du Mühe hattest, den zähen Schleim loszuwerden, erzählt, dass du auf dem Rückweg vom Grab plötzlich zum Klo musstest und Mühe hattest, dahin zu kommen, und kalt sei es auch gewesen, sehr kalt. Da muss es dich wohl wieder erwischt haben, aber bereut hast du deinen Ausflug trotzdem nicht, das habe ich gespürt, auch wenn dir die Kälte in die Knochen gefahren ist und den Krampf ausgelöst hat und du warten musstest, bis wieder etwas Luft durch den Strohhalm kam. Mit letzter Kraft hättest du dich nach Hause geschleppt und an der Tür geklingelt, haben sie gesagt und dir schnell einen Stuhl gebracht, damit du dich ausruhen konntest, um Kraft für die Stufen zu sammeln. Und dann haben sie noch gesagt: Das ist doch ein Wahnsinn, was der mit sich macht. Aber ich habe gedacht, er muss das tun, auch wenn es ein Wahnsinn ist, weil es ja sein Leben ist. Und das muss man schon selbst wissen, was für sein Leben ein Wahnsinn ist. Denn wenn man alles lassen würde, was ein Wahnsinn sein könnte, das wäre ja erst recht ein Wahnsinn, auch wenn es niemand sagt.

Den Arm über dem Gesicht, so hast du wieder im Bett gelegen, als ich dich kurz darauf besuchte. Die Sonne schien ins Zimmer, was sie jetzt durfte, denn sie hatte keine Kraft mehr, dich zum Pusten zu bringen. Der Sommer war vorbei, und die Strahlen waren so schwach geworden wie du. Ich wollte dich noch einmal sehen, bevor ich ins Flugzeug stieg, und dir von der bevorstehenden Reise erzählen. Du hast deinen Arm hochgeschoben über den Kopf, sodass wir uns anschauen konnten, aber meine Pläne haben dich nicht interessiert. Stattdessen hast du wieder von den Frauen in dem Dorf angefangen. Und nach einer Weile, als die Bilder dich erschöpft hatten, hast du gesagt: Nimm dir einen Schein aus der Mappe für die Reise. Vielleicht wusstest du schon, dass es das letzte Mal war, dass du mir etwas zugesteckt hast für eine Reise, aber ich wusste es nicht. Ich habe an eine Erkältung geglaubt vom kalten Friedhof und dass du es schon wieder hinkriegen würdest, so wie du es immer hingekriegt hast. Gute Besserung habe ich dir gewünscht, und dann bin ich geflogen.

## ~ 41 ~

Nur eine einzige Reise haben wir ohne ihn gemacht, sonst war er immer dabei. Wir waren noch klein, sehr klein, und sind mit Mutter nach drüben gefahren. So sagte sie immer, nach drüben, wenn wir ihre Familie besuchen wollten. Wir fuhren mit dem Zug, und die Stimmung war auf einmal anders, als wir es sonst von Reisen gewohnt waren, ohne lustige Lieder und ohne Schokoladenpreise für den einhundertsten Käfer, den wir überholten. Mutter war viel nervöser als gewöhnlich und sagte zu allem: Wartet bis nach der Grenze. Irgendwann hielt der Zug und blieb lange einfach stehen. Dann schoben uniformierte Männer die Abteiltüren auf und verlangten mit steinharten Stimmen die Ausweise und andere Papiere. Mutter sah ängstlich aus, als wir alle aussteigen mussten und uns an der grauen Baracke in eine Schlange stellen sollten. Wie lange dauert es noch?, fragten wir Kinder. Sie sagte: Seid still, aber wir wussten nicht richtig, warum, doch die anderen waren auch still, sehr still, nur die Männer in den Uniformen waren zu hören. Immer wieder haben sie irgendetwas aus den Taschen der Leute gezogen und mit scharfem Ton gefragt: Was ist denn das hier? Und dann nahmen sie es ihnen weg, und manche Leute fingen an zu weinen. Aus unseren Taschen haben sie nichts genommen, vielleicht, weil nichts dabei war, was ihnen gefiel.

Es dauerte lange, bis wir wieder in den Zug einstiegen, und es blieb weiter still. Erst nach einer Weile, als die Räder sich in Bewegung gesetzt hatten, konnte man hören, wie manche wütend waren und sagten: So eine Gemeinheit. Wir wollten wissen, was sie damit meinten, aber Mutter sagte nur: Jetzt nicht. Doch nachher hat sie es uns auch nicht gesagt.

Als sie später mit den Tanten darüber redete, lauschten wir. Hoffentlich machen sie nicht die Grenzen zu, sagte sie, und lassen uns wieder raus. Tatsächlich fuhren wir dann auch früher zurück, als wir geplant hatten, daran erinnere ich mich noch. Auch, dass er nicht da war, als wir zu Hause ankamen, und in der Diele zwei weiße Tafeln lehnten mit vielen kleinen Löchern drin, in die man Wörter stecken konnte und die er für uns aufgestellt hatte mit einem HERZLICH WILLKOMMEN in grünen und roten Buchstaben. Wir haben rasch die Mäntel ausgezogen und sofort neue Wörter probiert, alle, die wir schon kannten, und alles war wieder gut.

Später, viel später erzählte er mir, dass es die Kubakrise war, die sie in Angst versetzt hatte, dass die Grenzen geschlossen würden und wir vielleicht nicht mehr rausgekommen wären und drüben hätten bleiben müssen, ohne Mann und Vater, drüben bei denen, für die wir in der Adventszeit immer ein Licht ins Fenster stellten und Päckchen schickten.

## ~ 42 ~

Er liegt in der Klinik, hatte Mutter gesagt, als ich mich von unterwegs meldete, und ich hatte sofort das Gefühl, dass etwas nicht stimmt mit dir, anders als es sonst nicht stimmte. Vom Flughafen aus bin ich direkt zum Krankenhaus gefahren, und als ich deine Zimmertür öffnete, bist du mit dem Kopf hochgeschnellt, ganz eilig, und hast sofort losgeredet, ohne mich zu begrüßen, und gesagt: Du musst da was machen. Ich habe deine Hand genommen, aber du wolltest nicht, du wolltest, dass ich sofort loslege. Du hieltest es nicht mehr aus, den ganzen Tag das Geflimmer, und ich verstand schnell, dass du den schwarzen Kasten meintest, der an der Zimmerdecke hing, sodass alle hineingucken konnten. Mir war klar, dass man keine Ruhe finden kann, wenn es den ganzen Tag flimmert, sogar wenn man die Augen schließt, und ich bin zur Schwester gelaufen und habe gefragt, ob es nicht ein Zimmer gäbe, in dem es nicht bis spät in die Nacht hinein flimmert. Aber so ein Zimmer gab es nicht, deshalb habe ich mit der Schwester zusammen dein Bett zur anderen Wand herumgedreht, damit das Flimmern weniger wird. Mehr können wir momentan nicht erreichen, habe ich dir gesagt, aber du wurdest nicht ruhiger und hast mich gleich wieder losgeschickt, um mit dem

Arzt zu reden, weil du nicht wusstest, was los war mit dir. Ich fand auch einen, und der nahm mich mit in sein Zimmer und sagte, dass es nicht gut um dich stünde. Das hatte ich selbst schon gesehen, und deshalb fragte ich ihn, was denn mit dir sei und wieso du in sieben Tagen so völlig abgemagert seist, bis auf die Knochen abgemagert und aufgelöst dazu. Aber er hat nur die Achseln gezuckt und gesagt, dass sie es auch nicht wüssten und noch keine Lösung hätten. Sie wollten dich untersuchen, ganz genau untersuchen, aber dafür wärest du nicht stabil genug.

Was ist jetzt?, hast du mich gefragt, als ich zurückkam, aber ich konnte nichts antworten, weil keiner wusste, was mit dir war, zumindest nicht ganz genau. Und du hast mich angeschaut, als dächtest du, ich verschweige dir etwas, und als wäre ich jetzt auch dein Feind und steckte mit den Ärzten unter einer Decke, aber ich wusste wirklich nicht, was mit dir war.

Sie müssen mehr trinken, hat der Arzt noch gesagt, sonst spielt der Körper verrückt. Aber das tat er ja sowieso schon, und du hast nur ein winziges bisschen aus der Schnabeltasse geschluckt, denn auch das Trinken war dir bereits zu viel.

Auch den anderen hast du unterstellt, dass sie mit den Ärzten kungelten und dir nichts sagten, um dich zu schonen. Das haben sie mir am Telefon erzählt und auch, dass du sie angeschrien hättest.

Ganz besessen warst du von der Vorstellung, dass etwas hinter deinem Rücken geschieht, aber es geschah nichts, und ich sagte dir auch, dass da nichts geschähe, aber ich konnte dich nicht beruhigen.

Du sahst mich so zornig an, als ob ich wieder Verschwinde! gesagt hätte, und die Frage, die du mit den Augen stelltest, ob ich jetzt auch zur anderen Seite gehöre, war eigentlich gar keine Frage mehr, weil du ja die Antwort schon wusstest. Ich sagte nichts und sah nur, wie es einen aushebeln kann, wenn man nicht genau weiß, was mit einem ist. Aber ich dachte nur kurz darüber nach, denn dann sagtest du, ich solle im Betrieb anrufen und den Kollegen sagen, dass du keine fünfzig Kilo wiegst. Um Gottes willen, sträubte es sich in mir, warum soll ich da anrufen und ihnen sagen, dass du keine fünfzig Kilo mehr wiegst? Das war die Hälfte von dem, wie sie dich kannten, und was machte das für einen Sinn, wenn sie nicht mal zurückrufen konnten, um dich zu bedauern, weil du ja schon lange kein Telefon mehr haben wolltest, wenn du in der Klinik lagst. Beim letzten Anrufer hattest du auf die Frage, wie es dir geht, die Verbindung abgebrochen und einfach aufgelegt.

Ich habe nicht telefoniert, dir aber später gesagt, dass ich im Betrieb angerufen hätte und dass dir alle eine gute Besserung wünschten. Da warst du zufrieden, aber mir war nicht wohl dabei.

Ganz durcheinander bin ich nach Hause gefahren. Es schien mir, als wärst du ein anderer als der, der mich noch vor einer Woche angelächelt und mir eine schöne Reise gewünscht hatte. Später habe ich mit den anderen gesprochen und gefragt, warum du so zornig warst. Aber sie wussten es nicht.

Gleich am nächsten Tag bin ich wieder zu dir gefahren. Du hast mich mit einem ängstlichen Blick empfangen und immer wieder zu dem Mann im Nachbarbett hinübergeschaut. Dort war jemand anderes eingezogen. Der Neue sah gelb aus, vom Kopf bis zu den Füßen quittegelb, als wäre er in einen Farbtopf gefallen. Unruhig hast du mich gefragt: Was ist mit dem? Kann der mich anstecken? Mir wurde auch mulmig, weil es gruselig wirkt, wenn einer ganz gelb ist, ohne Unterschied am ganzen Körper, und sofort bin ich wieder zur Schwester gelaufen und habe gefragt, was mit dem Neuen ist und ob er dir gefährlich sein kann. Da hat sie mich angesehen, wie man halt jemanden ansieht, der sich vor dem fremden Elend ekelt, und hat nur kurz gesagt: Für Ihren Vater ist es nicht so gefährlich wie für den gelben Mann. Das habe ich als Beruhigung genommen und es ihm dann auch so gesagt, aber richtig beruhigt waren wir beide nicht.

Du warst zu schwach, um dich weiter zu beschweren. Auch als nachher alles nass wurde, weil die Nadel nicht richtig in deinem Arm steckte und die Infusion ins Bett lief und nicht in deinen Körper, hast du nichts mehr gesagt. Als die Schwester kam, um dich aufzusetzen im Bett und du alle Kraft, das konnte man sehen, alle Kraft zusammengenommen hast, um mitzuhelfen, und dich dabei gekrümmt hast wie ein brüchiger Ast, hat sie sogar noch mit dir rumgewettert. Müssen loslassen, Mann, hat sie dich angeherrscht, weil du dich nicht krümmen solltest, sondern lockerlassen, aber das war es ja gerade, was du nicht konntest. Da bin ich dazwischengefahren und habe zu ihr gesagt: Er kann nicht so, wie Sie das wünschen, auch wenn er es wollte, so kann er nicht. Das habe ich ihr sehr freundlich gesagt, weil ich Angst hatte, dass sie dich weiter anschreit, wenn ich wieder weg bin. Sie hat dich daraufhin ein bisschen sanfter hochgenommen, und ich konnte sehen, wie wund du warst vom Liegen auf dem Luftring. Ich habe sie dann freundlich gefragt, ob es nicht etwas anderes für dich gäbe als so ein drückendes Rund, und sie hat gesagt, sie müsse mal sehen. Wenig später kam sie mit einem weißen Kunstfell, groß wie eine Fußmatte, zurück, und das haben wir dir dann untergelegt, und ich dachte, wieso denn nicht gleich so? Aber so darf man nicht denken, das weiß ich, nicht in so einem Haus. Als sie wieder draußen war, hast du gesagt, dass sie ein Drachen wäre genau wie die Nachtschwester, und deshalb müsstest du gucken, dass du vorher dein Geschäft machst, solange noch jemand anderes da wäre, damit sie dir nicht wieder wehtun könnten. Vor lauter Angst kam das Geschäft schneller als geplant, und weil plötzlich gar keiner da war, habe ich dir geholfen. Der Mann im Nachbarbett hat mich merkwürdig angeguckt, als ich den Stuhl herangezogen habe, den mit dem Eimer drunter. Er hat nicht weggesehen, sondern mit so einem Blick geguckt, als ob er sagen wollte: Also das gibt's doch gar nicht, was soll das denn, das ist ja noch schöner. Aber wir haben uns nicht aus der Ruhe bringen lassen, du nicht aus dem Drücken und Stöhnen und ich nicht aus dem Stützen, denn allein konntest du dich auf dem Stuhl nicht mehr halten. Als wir fast am Ende waren mit unserer Kraft und dein Kopf ganz nass vor Anstrengung, kam die Schwester ins Zimmer, vor der du keine Angst hattest, und sie hat dich wieder auf dein Fell zurückgelegt wie einen wunden Wurm.

Dann kam das Abendessen, und ich verstand nicht, warum nur süßes Zeug auf deinem Teller lag, wo doch dein eigener Zucker verrückt spielte, und ich bin noch einmal zu den Schwestern gelaufen und habe gefragt, was das sollte. Sie konnten sich auch nicht erklären, warum da nur Süßes auf dem Teller war, obwohl dein Zucker verrückt spielte. Aber das müsse man in Zukunft ändern, sagten sie.

Aber an diesem Abend war noch keine Zukunft. Du hast ein bisschen von dem süßen Zeug gegessen, und ich dachte, vielleicht macht es jetzt auch nichts mehr, Hauptsache, du isst überhaupt, so mager wie du bist. Du hast mich aber noch einmal losgeschickt, um ein Döschen Quark zu holen, damit es besser flutscht, wie du sagtest, doch ich konnte nirgendwo eins finden. Richtig geforscht, in anderen Stationsküchen danach geforscht habe ich allerdings nicht, sondern eher eine Pause genommen von all dem Losgeschicktwerden und Besorgen, was nicht auf dem Plan stand. Dann muss es jetzt eben mal so gehen, habe ich danach zu dir gesagt und: Trink doch einen Schluck Tee dazu.

Der Nagel am Zeh schmerzte dich noch, und ich habe versucht, ihn vorsichtig abzuschneiden, bevor er weiter ins weiche Fleisch wuchs. Aber du hast laut aufgestöhnt, und ich dachte, ich habe es nicht vorsichtig genug gemacht, nicht vorsichtig genug für so ein versehrtes Wesen. Und du hast mich wieder so angesehen, als gehörte ich zur anderen Seite wie die Nachtschwester, und ich habe dir über die dünne Haut am Bein gestreichelt und gesagt: Es tut mir Leid. Gesprochen haben wir nichts weiter, nur alles erledigt, was noch nicht erledigt war.

## ~ 43 ~

Er ist nur schemenhaft zu erkennen. Der Lichtkegel der Schreibtischlampe erhellt die Papierblätter und seine Hände. Sein Kopf darüber befindet sich im Dunkeln. Er hört mich nicht kommen. Ich bleibe mit meinem Schulheft im Türrahmen stehen und sehe zu, wie er Zahlen, die auf kleinen Notizzetteln stehen, in ein großes Buch überträgt. Ist eine Seite voll geschrieben, zieht er die knisternde Blaupause unter dem Bogen heraus und legt sie zwischen die nächsten Seiten. Papa schreibt noch seine Order, heißt es, und dabei darf er nicht gestört werden. Aber ich habe einen Grund, der ihn stören darf. Nach einer

Weile blickt er auf und fragt: Was ist?, während er weiter seine Zahlen in die Zeilen einträgt. Willst du mal gucken?, frage ich und halte mein Schulheft ins Licht, ich habe eine Eins geschrieben. Nur flüchtig sieht er auf die rote Zensur, wechselt den Kugelschreiber gegen einen Füllfederhalter, setzt seinen Namen darunter, so wie er vorher Zahlen in die Zeilen geschrieben hat, und sagt: Sieh zu, dass es so bleibt.

Ich warte noch, bis die Tinte trocken ist, und klappe das Heft beim Hinausgehen laut zusammen. Ich hätte ihn doch fragen können: Warum freust du dich denn nicht?, habe ich später gedacht, und tatsächlich habe ich ihn auch gefragt, wenn ich mal wieder eine Eins mit nach Hause gebracht hatte. Aber nicht, als er seine Order schrieb.

Wenn ich ihn aber zum Beispiel sonntags fragte, nach dem geschmorten Hühnchen, bevor der Kaffee kam, wenn ich ihn dann fragte, ob er sich nicht über meine Eins freue, dann sagte er kurz Ja. Doch gleich darauf und viel klangvoller als bei dem kurzen Ja fügte er hinzu: Wir lernen nicht für die Schule, sondern fürs Leben. Aber ich lernte nicht fürs Leben, sondern, zumindest in der Zeit, als wir den Verlauf von Parabeln und Hyperbeln berechnen mussten, lernte ich nur für die Schule und auch ein bisschen für ihn und seine Zahlen, aber ganz und gar nicht für das Leben und erst recht nicht für meins, denn als ich den Verlauf von Parabeln und Hyperbeln ausrechnen musste, wusste ich nicht, was irgendein Leben damit hätte anfangen können. Manchmal habe ich noch nachgebohrt: Freust du dich auch wirklich?, aber dann kam der Kaffee und seine erstaunte Frage: Haben wir denn nichts Süßes?, und meine Mutter sagte: Ja, jetzt warte doch mal, wir haben doch eben erst gegessen. Und ich bin schnell in die Küche gelaufen und habe den Kuchen geholt, und wenn er dann sein spitzes Mündchen machte, aus dem so ein genüsslicher mmh-Laut kam, und die buschigen Brauen hochzog über den funkelnden Augen, dann war ich mir sicher, dass er sich wirklich freute.

## ~ 44 ~

Sie haben dich auf eine andere Station verlegt. In ein Zimmer für dich allein. Ein Sterbezimmer, haben die anderen gesagt, aber ich habe versucht, sie zu beruhigen, und ihnen erklärt, dass du hier nur besser versorgt wirst. Jedenfalls sieht es so aus. Der metallene Tisch neben der Tür ist voll gestellt mit Salbentöpfchen und Spuckschalen, Tupfern und Tüchern, alles für dich.

Als ich das Zimmer betrete, schläfst du, die Arme wie immer über dem Kopf, und trägst keinen Schlafanzug, sondern ein weißes Klinikhemd, in das du wohl leichter hineinschlüpfen kannst. Deine Arme sind dünn und ganz kalt. Ich streichle sie, bis sie warm werden und du erwachst. Ich habe geträumt, sagst du, und ich bin erstaunt, weil du noch nie von einem Traum erzählt hast. Ein Unfall, sagst du ganz leise, und ich kann die Worte kaum verstehen, die kraftlos aus deinem Mund kommen. Vor der Haustür, fährst du fort, ganz schrecklich. Ich frage dich: Wer denn, wer ist denn verunglückt?, und ich kann dich immer noch nicht verstehen. Und du lächelst und sagst: Was man nicht alles träumt. Dann fallen dir die Augen zu.

Die Rotbuche vor dem Fenster leuchtet im Herbstlicht. Aber du siehst sie nicht, du schaust von deinem Bett zur Tür, dorthin, wo die Schwestern hereinkommen, um dich zu versorgen. Es ist noch nicht lange her, dass du um ein Bett am Fenster gekämpft und mit kleinem Glück beschrieben hast, wie der Herbstwind die Wipfel zaust. Als du aus deinem kurzen Schlaf erwachst, beschreibe ich dir den Baum, aber dein Blick verrät, er kümmert dich nicht mehr.

Ich füttere dich mit weichen Bananenstückchen, die du wie ein Vögelchen von meinen Fingern pickst. Bei jedem Bissen hebt sich dein Kopf ein winziges bisschen, als ob du mir entgegenkommen willst. Erschöpft legst du eine Pause ein und schließt die Augen.

Auf dem Nachttisch liegt die Liste mit deinen Protokollen. Der letzte Tag ist unvollständig, und für heute sind die Spalten leer, nur eine einzige krakelige Zahl vom frühen Morgen. Langsam machst du dich an den Rest der Banane. Immer wieder unterbrochen von einem Tröpfchen aus der Schnabeltasse, die eigentlich ein Becher ist und aus Plastik.

Sie haben dir eine Matratze mit einem Luftpolster untergelegt. Das ist besser, sagst du, das schmerzt nicht so. Und nach einer Weile fügst du hinzu, sehr schwach, ohne jede Aufregung: Was das alles kostet, und dann fast wie eine Entschuldigung: Naja, jedenfalls besser als für Panzer. Wie kann einer an Preise denken, wenn er das letzte Hemd auf dem Leib hat?, frage ich mich später. Aber das ist sie, die Welt der Zahlen, deine Welt.

Es ist dunkel geworden und die Rotbuche nicht mehr zu erkennen. Das Neonlicht stört dich, und ich knipse die kleine Notlampe über der Tür an, damit die Schwestern dich sehen können, wenn sie hereinkommen, und du sie auch.

Ich fülle deine Tasse mit frischem Tee, leere die Urinflasche, damit sie leichter ist, und hänge sie zurück in die Halterung am Bett, die ich ein wenig verschiebe, damit du besser hinlangen kannst, ohne dich aufzurichten. Ich warte, ob du noch einen Wunsch hast, ob ich einen Anruf tätigen oder einen Kugelschreiber für die Schwestern besorgen soll, aber du hast keine Order mehr zu vergeben. Fahr jetzt nach Hause, sagst du. Ich gehe zur Nachtschwester, sage ihr, dass ich jetzt fahre, und bitte sie, nach dir zu sehen. Danke, sagt sie, danke für Ihre Hilfe. Auf dieser Station sind sie freundlicher, ruhiger. Vielleicht ist es doch eine Station für die, bei denen nichts mehr zu machen ist.

## ~ 45 ~

Es war früh am Morgen. Du lagst nicht auf deiner Seite im Ehebett, und wir krochen zu Mutter unter die Decke, und sie sagte uns, warum du nicht da warst. Wir blieben liegen, bis du zu uns zurückkamst. Es dauerte nicht lange, die dunklen Gardinen waren noch zugezogen, als du dich auf die Bettkante gesetzt und gesagt hast: Sie ist tot. Dabei sind dir die Tränen gekommen, und du hast Daumen und Zeigefinger in die Augenhöhlen gedrückt. Das fanden wir trauriger als den Tod deiner Mutter. Über den waren wir nicht wirklich traurig, wir Kinder nicht und Mutter auch nicht. Aber wir waren neugierig und wollten wissen, wie das ist, wenn man stirbt, und du hast uns beschrieben, wie der große Leberfleck auf ihrer Nase immer heller geworden ist und schließlich ganz verschwand.

Später hast du mit uns in jeder Kirche, die wir auf unseren Ausflügen besuchten, eine Kerze für die Oma aufgestellt, und noch später hast du uns erzählt, dass sie katholisch war. Wir verstanden nicht, warum du dann nicht auch katholisch warst, als ihr Sohn. Da hast du noch mal von dem mit den Fäusten angefangen, unter dem der Schlitten krachte. Der sei ein Protestant gewesen und habe sie nur heiraten wollen, wenn sie die sieben Söhne und Töchter nicht erziehen würde, wie es ihrer Konfession entsprach, sondern so, wie er es wollte. So ganz verstanden wir Kinder auch nicht, weshalb sie deshalb gelitten haben soll, denn für uns hatte es nicht so eine Bedeutung, ob man katholisch war oder nicht. Aber für die Großmutter hat es wohl eine andere Bedeutung gehabt und für unseren Vater auch. Zur Kirche gehen nur die, die es nötig haben, war alles, was Mutter dazu sagte, aber das hat er nicht gerne gehört.

## — 46 —

Es ist Sonntag. Zwei sehr junge Krankenschwestern kommen herein, um dir die Windeln zu wechseln und dich zu waschen. Bei jeder Berührung verrenkt sich dein Gesicht zu einem stummen Schrei. Nur wenn du es gar nicht mehr aushältst, stößt ein erschöpfter Laut aus deinem Innersten hoch, so ein Laut, der einem entfährt, wenn man einen zentnerschweren Sack zu weit, also weit über die eigenen Kräfte hinaus, getragen hat und ihn vor sich hinfallen lässt. Jeder hat sein Päckchen zu tragen, hast du immer gesagt, aber dass daraus mal ein so schwerer Sack wird, das war nicht vorgesehen.

Ich halte eine Zeit lang deine Hand. Dann gehe ich zum Fenster, hänge meinen Blick in die Rotbuche und kontrolliere meine Hülle, passe auf, dass mir deine Seufzer keine Löcher einreißen und die Hülle zusammenbricht, nicht hier, wo ich dir Mut machen will, denn wie kann man Mut machen, wenn man selber die Kraft verliert, weil einem die Hülle einreißt? Tut es sehr weh?, fragen die Schwestern, und die ganz junge hält es wohl selbst kaum aus, dass ihre Hände so viel Qual verursachen. Was sein muss, muss sein, sagst du kaum verständlich, und ich zerspringe fast vor Mitleid.

Zum Abendessen bringt der freundliche Ghanaer Wurst und Schinken. Ich sehe auf den Teller, dann in deine Augen und laufe auch schon in die Küche, um dir ein Döschen Quark zu besorgen und einen Klecks Marmelade. Artig kaust du die winzigen Würfelchen, die ich dir zurechtschneide, und als ob du beweisen willst, wie sehr du dir Mühe gibst, steckst du auch noch das Petersilienstängelchen vom Tellerrand in den Mund, aber das zwingt dich zu husten, weil es dich vermutlich am Gaumen gekitzelt hat. Ich halte dir schnell die Schnabeltasse hin, und du saugst an der Öffnung, ganz schwach, und versuchst ein paar Tropfen zu trinken.

Ich bleibe noch sitzen auf dem Stuhl, der ein bisschen klebt von den süßen Resten. Aber du willst nicht, dass ich einfach nur dasitze und wir gegenseitig unsere Hüllen eindrücken, und bittest mich, dir beim Zähneputzen zu helfen. Ich hole zwei Spuckschalen aus Pappe und gebe ein paar Tropfen aus der braunen Flasche in das Zahnputzwasser, so wie du es immer gemacht hast. Die Bürste nimmst du selbst in die Hand, so wie du immer alles selbst gemacht hast, was du noch konntest, und nur das, was nicht mehr ging, dir hast abnehmen lassen.

Dann kämme ich dir die Haare, die dünnen weißen Haare, und sage: Die müssen wir mal wieder schneiden. Du lächelst mich an, und ein bisschen hebst du die Brauen, als ob du sagen willst: Das werden wir wohl nicht mehr können. Aber du sagst es nicht, und ich weiß auch so, dass wir es wohl nicht mehr können werden, aber das sagen wir uns nicht, ich nicht, weil ich Angst habe, dass meine Hülle einreißt, jetzt, wo ich gerade dabei bin, dir Mut zu machen.

Ich nehme die grüne Flasche, verteile die Flüssigkeit in deinem Gesicht und beginne, dich vorsichtig zu rasieren. Auf den Wangen geht es einigermaßen, aber den Hals schaffe ich nicht, er ist so dünn geworden, und ich habe Angst, wenn ich ein bisschen drücke, so wie man drücken muss, wenn man jemand rasieren will, drücke ich dir den Hals zu, und da höre ich lieber auf und streiche lieber noch mal über die Wangen. Danach bist du erledigt vom vielen um dich Kümmern. Fahr jetzt, sagst du, wie du immer Fahr jetzt gesagt hast, wenn du meintest, ich hätte genug gemacht. Meistens bin ich dann auch schnell abgehauen, weil ich auch gedacht habe, ich habe jetzt genug getan, aber diesmal nicht. Ich küsse dich auf die Stirn, dann auf Wangen und Hände, und weil ich dir noch etwas Mut machen will, sage ich: Werd wieder gesund, dann können wir noch ein bisschen zusammen lachen.

Du hast mit einem ganz winzig kleinen Lächeln

geantwortet, und dann fing meine Hülle an einzureißen, und ich bin schnell zur Tür gegangen, habe einen letzten Kuss auf meine Fingerspitzen gedrückt und dir zugehaucht. Du hast mit den Fingerspitzen ganz langsam zurückgewinkt, und ich habe die Tür hinter mir geschlossen und bin den Gang hinuntergelaufen und aus dem Gebäude gestürzt. Draußen habe ich auch so einen Laut ausgestoßen, wie wenn man zu schwer getragen hat, und dabei ist meine Hülle vollständig eingerissen, und aus meinen Augen kam das Wasser gelaufen, wie wenn man einen Hahn aufdreht. Ich war froh, dass es dunkel war, ein stockdunkler Novemberabend, und niemand sehen konnte, wie so ein Wasserfall zu seinem Auto läuft wie auf eine rettende Insel.

Der Verkehr war lange vorbei, und wie eine Schlafwandlerin bin ich die leere Straße den Berg hinuntergefahren bis in deine Stadt und von dort über die Autobahn bis in meine Stadt. Unterwegs fiel mir ein, dass ich wahrscheinlich die Flaschen verwechselt, dass ich dir das Gesicht vielleicht mit Haarwasser eingerieben hatte, und ich bekam Angst, dass Haarwasser brennt, wenn es in die welke Gesichtshaut einzieht. Oder dass es etwas ausdünstet und zu einem Anfall führt und dir die letzte Luft nimmt. Aber ich konnte nicht mehr zurück.

Als ich zu Hause ankam, fühlte ich meine Hülle nicht mehr. Das war unser Abschied, habe ich gedacht, ohne es sicher zu wissen, weil man ja nicht wirklich weiß, wann ein Leben zu Ende geht, und man immer noch hofft, dass es ein kleines, ein klitzekleines Stückchen weitergeht, auch wenn alle drumherum schon sagen, es geht zu Ende, will man noch ein Fitzelchen Verlängerung, auch wenn man nicht weiß, warum.

Später, als du schon die rosa Nelke in der Hand hattest, und auch lange Zeit danach hörte ich mich immer wieder zu dir sagen: Komm wieder auf die Beine, damit wir noch ein bisschen zusammen lachen können. Und dann habe ich es jedes Mal nicht fassen können, dass das meine letzten Worte waren, um dir noch ein bisschen Mut zu machen. Ich habe mich geschämt, wie ich so blöd Mut machen konnte, so saublöden Mut, als dir der Strohhalm abknickte, aber anders habe ich es nicht sagen können.

## ~ 47 ~

Ich bin zu ihm nach Hause gefahren und habe seine Tasche und den blauen Sack mit seinen Sachen in sein Zimmer gelegt. Mutter hat mir den Stock abgenommen und ist mit seinem Hut zur Garderobe gegangen. Der bleibt hier, hat sie gesagt und den Hut auf den hölzernen Haken gehängt wie immer, wenn Vater von einer Tour oder einem Türchen zurückkehrte.

Dann sind wir alle zusammengekommen, noch einmal zusammen wie danach nie mehr, und haben um den Küchentisch gesessen und geweint und alles so bestellt, wie er es wollte, ohne Leute und ohne Oho und Olala, weil er ein Mecklenburger geworden und kein Rheinländer mehr war. Wir haben zusammen einen Text gesucht für die Anzeige und immer wieder gesagt: Das würde ihm nicht gefallen, und dann haben wir doch noch Wörter gefunden, die ihm gepasst hätten. Und für den Pfarrer haben wir aufgeschrieben, was Vater für einer war, damit er nichts Blödes reden sollte wie der Klinikkollege, und da mussten wir auch lachen, so ein verheultes Lachen, wenn man weiß, jetzt ist nichts mehr zu retten, und dann sind wir alle unserer Wege gegangen, jeder seinen eigenen.

## ~ 48 ~

Es ist spät geworden. Der Himmel strahlt sternenklar, als ich die Tür hinter mir zuschlage, und für eine Novembernacht erscheint mir die Luft außergewöhnlich warm. Ich steige in meinen Wagen und mache mich auf den Heimweg. Während der Fahrt fallen mir die Sätze der Krankenschwestern wieder ein. Deine letzte Frage nach der Uhrzeit, bevor du die Augen für immer geschlossen hast. Bis zum Schluss warst du ein Zahlenmensch. Halb zwölf, hast du ihre Antwort wiederholt und danach Gut gesagt. Da war es gut für dich.

Zwei Tage vor deinem Tod, haben die Schwestern noch gesagt, hätten sie ganz deutlich gespürt, wie du losgelassen hast und aufgehört, um dein Leben zu kämpfen. Allen sei es aufgefallen, wie du ruhiger geworden bist. Mir auch, da kann ich mir jetzt sicher sein. Es war der Sonntag, an dem wir beide uns zum letzten Mal zugewinkt haben.

So ruhig und würdevoll sei hier lange keiner mehr gestorben, hat die ältere der Schwestern betont. Vielleicht hat sie dir deswegen die Nelke in die Hand gedrückt.

Als ich in den Rückspiegel schaue, sehe ich dich im Bett liegen mit der Blume und fürchte plötzlich, dass ich dieses Bild, dieses letzte Bild, niemals wieder los werde und dich nur noch sehen kann, wie du daliegst mit geschlossenen Augen und der rosa Nelke in der Hand, und ich bin todtraurig, nie mehr in deine blinzelnden Augen sehen zu können.

Aber später, lange Zeit später, ist es allmählich doch undeutlicher geworden, dieses Bild, und schließlich ganz verblasst. Und an seiner Stelle tauchte ein anderes auf. Wenn ich wollte, lächeltest du mich wieder an und winktest mir zu, ganz winzig, nur mit den Fingerspitzen.

Und dann habe ich auf einmal auch deine Augen wieder gesehen, deine grünen Augen, und wie du die Brauen hochgezogen hast, und noch am selben Abend habe ich den Eukalyptuszweig in den Müll geworfen, mitsamt der Vase.